allitera verlag

Ein Altstadthaus im Zentrum Münchens. Der skrupellose Bauunternehmer Vleutz hat die meisten Mieter vertrieben, nur Kunststudent Anton leistet ihm noch erbittert Widerstand. Er hat seiner Freundin Johanna versprochen, bis zu ihrer Rückkehr im Haus zu bleiben. Doch Johanna ist verschwunden, und auch von ihrer Schwester Judith erfährt Anton nicht, wo sie ist. Während Anton sich immer tiefer in die Stadtschluchten begibt, um die Zerstörung seiner Skulpturen an Vleutz zu rächen, beginnt Judiths Roadmovie: die Suche nach ihrer Schwester und ihrer eigenen Geschichte.

Spannend wie einen Krimi erzählt der Autor eine bis ins Groteske gehende Geschichte von Täuschungen und Verrat. Sie zeigt den Entwicklungsprozess seiner Hauptfiguren zwischen Wünschen und Leidenschaften und dem Versuch die eigene Wirklichkeit zu finden.

Arwed Vogel, geboren 1965 in München, studierte Ethnologie und Wirtschaftsgeographie in München und London. Er ist Mitgründer des Münchner Literaturbüros. Seit 1984 veröffentlicht er Erzählungen und Gedichte, darunter »Dubrovnik« (In: Flugasche, 1989), »La sœur disparue, Promenade dans le parc« (In: Variable, 1999) und »Es ist der Ventilator« (In: Hotel Rooms, Bizarr-Verlag, 1999). Neben anderen Auszeichnungen erhielt er den Haidhausener Werkstattpreis und den dritten Irseer Pegasus. »Die Haut der Steine« ist sein erster Roman. Vogel lebt und arbeitet als Autor, Dozent und Übersetzer in München und Wartenberg.

Arwed Vogel

Die Haut der Steine

Roman

gelesen am 26.7.16

alliteraverlag

Der Allitera Verlag ist ein Books on Demand-Verlag der Buch & medi@ GmbH, München. Dieser Verlag publiziert ausschließlich Books on Demand in Zusammenarbeit mit der Books on Demand GmbH, Norderstedt, und dem Hamburger Buchgrossisten Libri. Die Bücher werden elektronisch gespeichert und auf Bestellung gedruckt, deshalb sind sie nie vergriffen. Books on Demand sind über den klassischen Buchhandel und Internet-Buchhandlungen zu beziehen.

Weitere Informationen über den Verlag und sein Programm unter:
www.allitera.de

Bibliographische Information der Deutschen Bibliothek

Die Deutsche Bibliothek verzeichnet diese Publikation in der Deutschen Nationalbibliographie; detaillierte bibliographische Daten sind im Internet über <http://dnb.ddb.de> abrufbar.

Mai 2003
Allitera Verlag
Ein Books on Demand-Verlag der Buch & medi@ GmbH, München

Lektorat: Gisela Bruchner
Umschlaggestaltung: Kay Fretwurst, Spreeau
Herstellung: Books on Demand GmbH, Norderstedt
Printed in Germany · ISBN 3-935877-87-0

1. Kapitel

Aber als er in der Küche stand, als er ins Dunkel starrte, auf die kleine blaue stille Flamme des Gasofens, den Atem anhielt, um besser hören zu können, hörte er nichts mehr. Gar nichts konnte er hören. Weder Judith, die sich in ihrem Zimmer eingeschlossen hatte, noch das Geräusch, das ihn aus seinem gelockt hatte.

Es war vollkommen still. So still, dass er die Augen schloss, um Johannas Gesicht zu sehen, sich an ihre Worte zu erinnern, mit dem Klang ihrer Worte die Stille zu füllen.

Wenn ich wiederkomme, hörte er Johanna sagen, versprich es mir. Bleib. Du bist der Einzige, der Vleutz aufhalten kann, du darfst Judith nicht zurücklassen, pass auf sie auf, sie ist meine Schwester, sie ist mehr als eine Schwester, bleib, bis ich wiederkomme, versprich es mir.

Anton konnte sich ihre Worte vorstellen, als hätte er sie gerade erst gehört, als sei der Abschied erst gestern gewesen. Er sah Johanna vor sich, wie sie in ein Taxi stieg, wie sie ihm winkte.

Bleib im Haus, gib nicht nach, versprich es mir.

Und er hatte es ihr versprochen, als er nur noch ihr Gesicht hinter der Scheibe des abfahrenden Wagens sah. Er hatte es sich versprochen, auf dem Weg zurück ins Haus.

Er hatte sich auf den wenigen Schritten vom Bürgersteig zur Haustür entschlossen zu warten, bis sie wiederkam, wann immer das sein sollte. Und während er das staubige Treppenhaus nach oben stieg, versuchte er sich zu überzeugen, dass das Wann nicht wichtig war. Dass es keine Rolle spielte, wenn sie nur irgendwann wieder da wäre.

Wenn Johanna zurückkommt, dachte er jetzt in der Küche, ist vielleicht schon alles vorbei.

Das Haus von Vleutz befreit, Vleutz verhaftet oder tot; vielleicht war er bis dahin wirklich tot und sie konnten zu seiner Beerdigung gehen, dachte Anton und starrte ins Dunkel und horchte, aber es blieb alles still.

Sie werden Vleutz im Sommer eingraben, dachte Anton. Wir werden dabei sein, hinter den Bäumen warten. Zuschauen, wie die Trauergäste in einer dünnen Reihe den Sargträgern folgen, als gehörten sie nicht dazu. Die Schatten der Baumkronen auf ihren Gesichtern. Die Sargträger, die morgens zu trinken anfangen und fast das Gleichgewicht verlieren, weil einer der vorderen mit einer schnellen Handbewegung Mücken aus seinem Gesicht wischt. Mücken eines flirrenden Schwarms, der sich zu einem Wirbel verdreht, sich nur kurz zerstreut, als der tote Vleutz vorbeigetragen wird.

Hinter den Sargträgern die Mutter von Vleutz, von deren schwäbischen Obstgärten nicht das Geld stammen kann, mit dem Vleutz die Häuser gekauft hat. Neben ihr Vleutz' Freundin, die ihr Haar unter einem Hütchen mit Schleier versteckt hält und nach unten blickt, wo sich der Staub des Kieswegs auf ihre neuen Schuhe legt.

Vielleicht hofft sie die Häuser zu erben. Vielleicht denkt sie in dem Augenblick daran, in dem sie umknickt, der Absatz abbricht. Vier Häuser erben, denkt sie und bückt sich am Arm der Mutter, hebt den Absatz auf, versucht mit spitzem Mund den Staub wegzupusten.

Seighels hinter ihr muss stehen bleiben, muss ohne Vleutz jetzt Aktien kaufen oder thüringische Burgruinen oder parzellierten Regenwald. Vleutz wird für ihn nicht leicht zu ersetzen sein. Seighels, der Einzige, der durch Vleutz' Tod etwas verliert.

Wir werden mit dem Brief in der Hand hinter den Bäumen warten, bis alle vorbei sind. Mit niemandem werden wir reden, niemanden ansehen. Auch mit den drei Männern nicht, die in großem Abstand folgen: Zwei Vertreter der Staatsanwaltschaft, und noch weiter hinten ein Mitarbeiter der Lokalbaukommission, der nur gekommen ist, um zu sehen, ob sie Vleutz wirklich eingraben, zu sehen, wie sich der Sarg in die offene Grube senkt.

Wenn alle gegangen sind, werden wir ans Grab treten und ich werde den Brief in sein Grab werfen, dachte Anton und überlegte, ob er in sein Zimmer zurückgehen sollte, aber er wollte bei dem Gedanken an die Beerdigung bleiben und so ließ er den Trauerzug noch einmal über den Kiesweg gehen, über den die Mücken tanzten, ließ Johanna »Loslassen« flüstern, als die Sargträger durch den Mückenschwarm schwankten. Die hinteren Sargträger fänden das Gleichgewicht nicht wieder, es sähe einen Moment so aus, als stürzten sie mit dem Sarg zu Boden, der an den Seiten aufbräche, so dass sie alle noch einmal ungewollt Vleutz zu Gesicht bekämen.

Aber man wird nur den Körper in der Kiste rutschen hören, während die Sargträger ihr Gleichgewicht wiederfinden, sich aufrichten, ein schweres Schaben, über das man erschrecken kann.

Nach der Mutter wird Vleutz' Freundin mit dem Absatz in der Hand ans Grab treten. Ihr Mund öffnet sich, wie bei einem Vogelkind, das den Schnabel aufsperrt. Schade, dass wir nicht näher am Grab stehen, dachte Anton, dass wir nicht hören, ob nicht doch etwas aus dem geöffneten Mund nach außen tritt, bevor die Freundin links die Schaufel in die Hand nimmt, da sie mit der rechten Hand noch immer den Absatz umklammert; hastig ungelenk stößt sie zwei Schaufeln Erde hinab.

Loslassen, flüstert Johanna, und ich drehe mich nicht um, weil sie ganz nah ist, der Stoff ihres Kleides, ihre Brustspitzen mich fast berühren.

Auf dem Weg zum Ausgang wird sie wie ein Kind den Kopf zurücklegen, um über sich das Schwanken der Bäume zu sehen, um schwindlig zu werden, um sich vom Boden zu lösen.

Loslassen, wird sie rufen, wenn ich von hinten meine Arme um sie lege, um sie bei mir zu halten, mein Gesicht in ihr Haar drücke. Komm, ruft sie und dreht sich aus meinen Armen und läuft mit dem Gesicht zu mir rückwärts vor mir her.

Und ich werde mich umdrehen, damit ich sehe, was sie sieht: Die Totengräber zwischen den Bäumen, die am offenen Grab mit den Sargträgern Schnaps trinken, bevor sie die Erde ins Loch schaufeln. Ich werde vergessen, den Brief ins Grab zu werfen, dachte Anton.

An diesem windlosen Mittag, an dem wir aus dem Friedhof in die stille staubige Hitze treten, die von den Dächern fließt. An den Häusern, an offenen Toreinfahrten laufen wir vorbei, in dessen Schatten ich Johanna küssen könnte. Weiter, ruft sie, lacht sie.

Und dann wird sie zu ihrer Schwester wollen, dachte Anton, hierher gehen, zu Judith und ihrem Freund, diesem Henrik, und es wird mir nichts ausmachen, überhaupt nichts. Die zwei Schwestern können über das Sterben sprechen und Henrik und ich hören zu und warten, bis sie müde werden und ins Bett wollen, und Henrik und Judith werden in ihr Zimmer gehen und ich mit Johanna in mein Zimmer und ich werde neben ihr liegen, in der Nacht aufwachen, die Decke von ihrem Körper heben, ihre Haut betrachten, bis sie es spürt und aufwacht und ihre Augen öffnet und mich ansieht.

Wie wenig doch genügte, damit es wirklich passiert, dachte Anton.

Ein Stein, den er hier nur auf das Fensterbrett heben, mit einer Hand an den Rand schieben musste. So dass ein leichter Stoß ausreichte, um ihn auf die Straße fallen zu lassen.

In dem Augenblick, in dem Vleutz unten aus dem Haus tritt und zu seinem Auto geht, nur noch einmal kurz aufblickt, dabei den Stein sieht, der auf ihn zufällt, sich ducken will, was ihm nicht mehr gelingt und auch wenig Zweck hätte, da ducken nicht das Fallen von Steinen aufhält; dieser eine Augenblick, in dem Anton von oben Vleutz' Gesicht sieht, das ganz nah scheint, so nah wie nie zuvor, dieser eine Augenblick.

Stattdessen stand er zwischen Küche und seinem Zimmer und horchte, während der Wind die Planen gegen das Gerüst schlug, das mit Haken an der Fassade des Hauses festgeschraubt war. Als hätten sie Pfähle in die Mauer unter Antons Fenster getrieben.

Es war nichts mehr zu hören. Kein Scharren, kein Klirren, keine Schritte. Anton ging wieder langsam in sein Zimmer zum Fenster zurück. Vielleicht hatte er sich getäuscht. Vielleicht war es doch nur Judith, die zu telefonieren versucht hatte.

Sie telefonierte fast nur noch. Nach dem Aufwachen, sofort wenn sie vom Einkaufen zurückkam, mittags, am Abend. Wenn sie nicht telefonierte, saß sie vor dem Telefon in der Küche und wartete auf einen Anruf. Sie tippte lange Ziffernreihen und verlangte, Johanna zu sprechen.

Mit ihm redete sie seit vier Tagen kein Wort mehr. Sie antwortete nicht, wenn er eine Frage stellte, sah ihn nicht einmal an.

Sie schloss sich ein, antwortete nicht auf sein Klopfen. Am Gebührenzähler sah er, dass es Ferngespräche waren. Er war sicher, dass sie mit Johanna telefonierte.

Anton sah nur ihre verweinten Augen, fragte aber nichts. Vielleicht war es aus zwischen ihr und Henrik. Vielleicht hatte er sie verlassen. Anton hatte ihn seit Tagen nicht mehr gesehen. Vielleicht glaubte Judith, dass Anton daran Schuld hatte. Man wusste ja nie.

Er hatte ihr das Zimmer vermietet, weil er Geld brauchte und seine Eltern nicht fragen wollte. Er hatte Judith genommen, weil sie ein ruhiges Zimmer suchte, um sich auf die Aufnahmeprüfung für die Schauspielschule vorzubreiten. Die Vorstellung, mit jemandem zusammen zu wohnen, der nur auf seine künstlerische Arbeit konzentriert war, nichts anderes im Kopf haben wollte, bestach ihn derart, dass er ihr ohne nachzudenken zusagte.

»Wann ziehst du ein«, fragte er gierig, als hinge davon auch der Erfolg seiner Arbeit ab.

Judith war am gleichen Tag noch für zwei Wochen nach Zürich zu ihren Eltern gefahren, um ihre Sachen zu holen. In dieser Zeit hatte

Anton das erste Mal gehört, dass das Haus verkauft werden sollte. Er sagte nichts davon, als Judith zurückkam.

Ihre Eltern brachten sie mit ihren Sachen, aber nur die Mutter kam in die Wohnung hinauf.

Anton stand in seiner Zimmertür und beobachtete, wie sie mit energischen Schritten durch die Wohnung lief, ihr Kopf drehte sich dabei von einer Seite zur anderen und hastig stieß sie pausenlos Worte aus:

»Kannst du hier wohnen? Die Küche hat doch gar kein Fenster. Das Zimmer ist zu dunkel, Kind.«

Anton wunderte sich, dass sie sich nicht für ihn interessierte.

»Ich würde das nicht aushalten«, redete sie unablässig, »ich könnte kein Auge zutun, weil ich dauernd denken müsste, wie dunkel es ist.«

»Sie ist ein bisschen verrückt«, sagte Judith im Vorbeigehen zu Anton, der aber nichts antworten konnte, weil die Mutter und Judith schon wieder in ihrem Zimmer verschwunden waren.

»Das Bett unters Fenster, Judith, das geht nicht. Frag doch, frag ihn, frag den Alten. Oder frag auch Johanna«, hörte Anton ihre Stimme.

Er half dann, die Bücherkisten und den kleinen Schreibtisch nach oben zu tragen. Judiths Vater saß tatsächlich im Wagen und stieg nur kurz aus, um die Schreibtischplatte herauszuheben.

»Warte«, sagte er nicht unfreundlich, »schöne Gegend hier, ganz zentral. Wird sich Judith wohl fühlen, nicht?«

»Ich kanns schon alleine nehmen«, sagte Anton und als er oben ankam, hörte er die Mutter zu Judith sagen:

»Dass der Alte nicht aussteigt und hochkommt, Judith, ich mach das bald nicht mehr mit.«

Als die Mutter gegangen war, war es draußen dunkel und so still in der Wohnung, dass Anton sein Zimmer verließ, um nachzusehen, ob Judith auch fort war.

Aber er sah sie am Türstock ihres Zimmers lehnen und trat hinter sie. Sie starrte auf die unausgepackten Kisten, die Matratze unter dem Fenster.

»Gefällt es dir nicht?«, fragte er.

Sie drehte sich zu ihm um und langsam wieder zurück.

»Doch«, sagte sie mit unentschlossener Hilflosigkeit.

»Komm in mein Zimmer«, sagte Anton und holte Wein aus der Küche. Langsam folgte ihm Judith und setzte sich zu ihm auf den

Boden. Er hatte kein Licht gemacht und konnte hier ihr Gesicht nicht deutlich erkennen.

»Kennst du hier viele Leute?«, fragte sie leise.

»Ich weiß nicht«, sagte er, »was sind viele. Ich gehe viel spazieren, ich arbeite an meinen Skulpturen, muss mich konzentrieren.«

»Ich eigentlich auch.«

Sie trank einen Schluck, dann schwiegen sie.

»Es ist das erste Mal, dass ich allein wohne«, sagte Judith nach einiger Zeit.

»Ganz allein«, sagte Anton vorsichtig, ohne zu erklären, was er meinte.

»Naja«, Judith hielt das Glas am Boden fest, »ich habe ja zu tun.«

Sie blickte ihn an.

»Ich muss es schaffen. Mein Vater wollte, dass ich Jura studiere. Furchtbar. Ich muss ihm beweisen ...«

»Warum willst du Schauspielerin werden?«, fragte Anton, um abzulenken, aber sie zuckte mit den Schultern, blickte zum Fenster, dann auf ihr Glas zurück:

»Es macht mir Spaß jemand anderer zu sein«, sagte sie langsam, »als ob ich mich aus meiner Haut schäle, ganz anders sein darf. Viel freier. Ich wollte immer jemand anders sein.«

Anton stand auf und streifte absichtlich im Vorübergehen ihre Schulter mit seiner Hand. Er stellte sich vor, wie er ihr Gesicht zwischen seine Hände nahm und es küsste.

Als er in sein Zimmer zurückkam, sah er, dass sie sich nicht bewegt hatte. Er setzte sich etwas näher zu ihr, aber er würde es nicht wagen, selbst wenn sie es gewollt hätte. Er konnte es nicht, obwohl er wusste, dass mit jedem Abend, den sie hier, sich gegenübersitzend, auf dem Boden verbrächten, sie ihm näher käme, so nah, dass sie nicht mehr seine Geliebte werden konnte.

»Du musst doch nur eine Rolle finden, die zu dir passt«, sagte Anton und goss sich Wein ein.

Nachdem sie einige Monate so zusammengelebt hatten, war an einem Juniabend plötzlich jemand bei ihr. Hinter Judiths Zimmertür hörte Anton Lachen und die Stimme von einem Mann. Anton lief durch die Wohnung, ohne einen Grund zu finden, die beiden zu stören. Der Mann blieb bis zum Morgen, verließ nicht das Zimmer, wie Anton hoffte, der in der dunklen Küche lauerte, im Sitzen einschlief und erst von ihren leisen hastigen Stimmen im Flur aufwachte.

Am nächsten Morgen sagte Judith, Henrik sei Künstler, wohne in einem Schuppen an den U-Bahn-Depots, sei in Paris aufgewachsen und ginge durch die U-Bahn-Tunnel, weil er das von den Katakomben so gewohnt sei, seine Installationen seien gewaltig, seine Ideen genauso, und er habe auch kein Problem, seine Projekte zu beenden, so könne man viel von ihm lernen, auch Anton, sagte sie, der sich darauf freuen müsse, ihn kennen zu lernen.

Aber Anton freute sich nicht darauf. Er bemühte sich, Henrik aus dem Weg zu gehen, er redete kein Wort mit ihm. Antons Skulpturen wurden nicht fertig. Seit Vleutz das Haus gekauft hatte, fiel ihm das Arbeiten jeden Tag schwerer. Immer seltener ging er auf den Speicher, wo er die Drahtgeflechte aufgestellt hatte, blieb unruhig in der Wohnung, als könnte er hier etwas versäumen.

Sechs Wochen später sah er Johanna das erste Mal. Er hatte nicht gehört, dass sie gekommen war. Sie stand plötzlich vor ihm in der Küche, kleiner als Judith, schmaler, kaute an ihrem Haar, lächelte. Aber als er auf sie zuging, um sie zu begrüßen, drehte sie sich um, und bevor er etwas sagen konnte, war sie mit Judith fort. Er lief zum Fenster, blickte ihnen nach, wie sie nebeneinander am Ende der Straße verschwanden.

Johannas Gesicht im Halbdunkel der Küche, ihr Haar zwischen ihren Lippen, diese Bilder blieben in seinem Kopf, verdichteten sich zu dem Gedanken, Johanna wieder sehen zu müssen und er verließ noch seltener die Wohnung, wartete darauf, dass sie wiederkam.

Einige Tage später hörte er sie tatsächlich in die Wohnung kommen, wartete in seinem Zimmer, bis sie in der Küche saßen, aber als er hinausging, um sich zu ihnen zu setzen, standen sie auf und gingen in Judiths Zimmer. Von da ab versuchte er nicht mehr, Johanna näher zu kommen, sondern begann in dumpfer Spannung auf eine Gelegenheit zu warten. Er blieb regungslos in seinem Zimmer, wenn sie da war, horchte wie Judith und Johanna schnell und ohne Pause redeten, wie sich ihre Stimmen übereinander legten. Als hätten sie sich jahrelang nicht gesehen.

Wenn Anton mit Judith allein war, versuchte er sie auszufragen. Sie antwortete nur knapp, dass Johanna ein Zimmer in der Nähe der Akademie gemietet hätte und nicht wüsste, ob sie in dieser Stadt bleiben wolle. Tatenlos musste er zusehen, wie die Schwestern ohne ihn die Wohnung verließen, wie es unmöglich war, eine der beiden allein zu treffen. Der Einzige, den sie bei sich duldeten, war Henrik.

Manchmal folgte Anton ihnen, wenn sie weggingen, versuchte sie zufällig zu treffen, dann wieder hoffte er, Johanna zu vergessen.

Je seltener er Johanna sah, desto größer wurde seine Liebe, je mehr sie sich entzog, desto näher fühlte er sich ihr, wie eine Motte, die um das Licht kreiste, um einen fernen Stern.

Inzwischen wusste er nicht einmal mehr, wo sie sich aufhielt.

Nur Judith wusste es. Er hätte sie gleich nach Johannas Adresse fragen müssen, aber er hatte es nicht gewagt.

Jetzt hörte er wieder etwas und er ging, so leise er konnte, in die Küche zurück, aber es war Judith in ihrem Zimmer, es klang, als räume sie auf. Von den Geräuschen in der Wand war nichts mehr zu hören und Anton war froh, dass Judith sie nicht bemerkt hatte. Es durfte nichts mehr passieren, was sie dazu bringen könnte, auszuziehen. Wenn sie ginge, konnte er sich nicht mehr sicher sein, Johanna wieder zu sehen. Wenn sie ginge, war er allein. Er versuchte sich zu erinnern, ob Judith schon einmal davon gesprochen hatte, sich eine neue Wohnung zu suchen, aber er fand nichts.

Er lehnte sich an den Türstock, legte den Kopf an das Holz.

Den Brief darf sie nicht finden, dachte er. Ein Einschreiben von Vleutz, Anton hatte es nicht aufgemacht, er hatte dem Briefträger überhaupt nur geöffnet, weil er auf eine Nachricht von Johanna gehofft hatte, aber als er den Absender sah, war es zu spät. Er musste unterschreiben und suchte seit einer Woche jeden Tag für den Brief ein neues Versteck, damit Judith ihn nicht entdeckte. Zwischen Skizzenblöcken und Aquarellkästen, in einem alten Schuh unter dem Kleiderschrank, hinter dem Gasofen.

Anton ging in sein Zimmer zurück und schob den Brief unter die Zeitung. Sie war zwei Tage alt, im Vorbeigehen las er die Schlagzeilen: Eine Raumstation war ins Trudeln geraten. Zwei U-Bahn-Tote in den letzten Tagen. Ein Autounfall aus ungeklärter Ursache. Das Fahrzeug war gegen einen Pfeiler geprallt, der Beifahrer tot, die junge Frau, die den Wagen steuerte, mit schweren Verletzungen in ein Krankenhaus gebracht.

Unter dem Gerüst standen Vleutz' Arbeiter und rauchten. Anton versuchte sich ihre Gesichter einzuprägen. Aber es waren immer andere, die er von Baustelle zu Baustelle wie Spielfiguren verschob. Sie kamen, wenn Anton noch schlief, ungesehen betraten sie das Haus, unterbrachen nur manchmal ihre Arbeit, warteten im Hauseingang. Nur jener war immer derselbe, der die Straße beobachtete, die Arbeiter warnte, Vleutz benachrichtigte, wenn die Polizei oder

Baubeamte kamen, um die ungenehmigten Bauarbeiten einzustellen, die Zerstörungen zu besichtigen, die Baustelle zu versiegeln. Das geschah fast jeden Tag und dann war es ein oder zwei Tage still, bis Vleutz' Arbeiter wieder auftauchten und an anderer Stelle weitermachten.

Die Mieter beachteten sie dabei nicht, als wären sie nicht da oder zumindest nicht mehr lange. Anton konnte sich zu ihnen stellen, ihnen beim Arbeiten zusehen: Sie würdigten ihn keines Blickes. Als sei er eine Küchenschabe, die, von ihnen aufgestöbert, noch verwundert die Szene betrachtete, bevor sie die Flucht ergreifen musste.

Immer wenn das Schleifen der Schubkarren im Hausflur oder auf der Rampe zum Container nicht mehr zu hören war, lief Anton zum Fenster oder ins Treppenhaus, um nachzusehen, um die Baukommission oder die Polizei anzurufen.

Wenn die Polizei kam und die Arbeiter nicht rechtzeitig gewarnt wurden, verschwanden sie in der Wohnung im ersten Stock. Anton hörte die Polizisten das Treppenhaus nach oben laufen und öffnete vorsichtig seine Tür. Er zeigte den Polizisten, in welcher Wohnung sich die Arbeiter versteckten. Die Polizisten klingelten, die Arbeiter öffneten nicht, die Polizisten sagten, sie könnten nichts machen, sie hätten keinen Durchsuchungsbefehl und für eine Belagerung fehle ihnen die Zeit.

Im Grunde waren Anton die Arbeiter egal. Es lag ihm nichts daran, sie verhaftet zu sehen. Sie waren nur Vleutz' Handlanger.

Vleutz musste gefasst werden. Vleutz stand ganz oben. Aber auch Vleutz erledigte nur die Drecksarbeit für andere. Die Auftraggeber waren immer noch unbekannt.

In der Wohnung im ersten Stock hatte Vleutz sein Büro. Es war die erste Wohnung, die frei wurde.

Wenige Tage, nachdem Vleutz das Haus gekauft hatte, war die alte Hausmeisterin gestorben. Als hätte sie Gift im Essen gehabt. Judith entdeckte sie von ihrem Zimmerfenster, aus dem sie über den Lichthof in die tieferliegende Wohnung blicken konnte.

»Schau«, sagte sie, als Anton neben ihr stand, zeigte auf den Körper, der mit vornübergefallenem Kopf am Tisch saß. Während Anton am Fenster blieb, als sei es nötig, den Körper zu bewachen, lief Judith in die Küche und suchte das Telefon.

Anton stand immer noch dort, als die Feuerwehrleute durch das kleine Fenster vom Treppenhaus in den Lichthof stiegen und das Fenster einschlugen, durch das Judith die Tote entdeckt hatte. Er beobachtete die Männer, wie sie die Hausmeisterin aus dem Sessel hoben und in den Sarg legten, als packten sie Geschirr ein. Beim Heraustragen schlugen sie handgroße Stücke Putz von den Mauern. Niemand hob sie auf, sie lagen zur Seite geschoben auf den ausgebürsteten Holzstufen. Auch Anton fasste sie nicht an, es waren Zeugen einer zu Ende gegangenen Zeit.

Anton konnte den Anblick der toten Hausmeisterin nicht vergessen. Hätte er sie selber entdeckt gehabt, er hätte vielleicht gar nicht die Feuerwehr gerufen. Hätte immer wieder hinabgeschaut und den leblos gewordenen Körper zu zeichnen versucht. Damals wäre es ihm noch gelungen.

Dann begannen die Bauarbeiten und in den folgenden Monaten war er immer weniger fähig zu arbeiten. Nicht nur das ständige Vibrieren der Mauern, wenn sie den Putz von den Wänden schlugen, das sich bis in die dünnen Beine der Staffelei und von dort auf die Leinwand fortpflanzte. Das Wissen, dass unter ihm Wände abgerissen, im Keller Löcher ausgeschachtet wurden, beunruhigte ihn.

Gestern hatte er es wieder versucht, aber er war nicht zufrieden. Außer vier Zeichnungen von Johanna, die er in den letzten Tagen angefertigt hatte, war alles zu blass, zu wenig eigenständig, zu ungenau. Das, was er festzuhalten versuchte, war nicht zu fassen. So etwas hatte er noch nie erlebt.

Die Skulpturen, mit denen er sich an der Akademie in diesem Herbst bewerben wollte, standen halb fertig auf dem Speicher. Aber er konnte sich nicht entschließen, nach oben zu gehen. Etwas hielt ihn ab, ließ nicht zu, dass er nach oben ging.

Seine Pläne, die vielen Ideen, nichts war geblieben. Mit hängendem Kopf lief er im Zimmer herum, schlug gegen die Leinwand.

Der Brief wird die Entscheidung bringen, dachte er und war einen Augenblick lang sogar erleichtert. Aber die Entscheidung war längst gefallen. Er hatte Johanna versprochen zu bleiben, was auch immer geschah. Zumindest so lange, bis sie zurückkehrte.

Nein, dachte er, ich muss wissen, wo Johanna ist. Judith hatte kein Recht, es ihm zu verheimlichen.

Wenn er jetzt an ihrer Tür klopfte und einfach fragte. Wenn er sagte, er habe Johanna versprochen, ihr zu schreiben, sie anzurufen, es sei Johannas Wunsch gewesen.

Aber er konnte sich nicht dazu entschließen. Erst als er hörte, dass Judith in der Küche den Telefonhörer abnahm, langsam eine lange Reihe von Ziffern eintippte, lief Anton zu seiner Zimmertür. Er drückte langsam die Klinke, lehnte sich vor, hielt den Atem an.

»Ich muss sie sprechen, ich bin die Schwester«, sagte Judith.

Da schalteten auf dem Dach die Arbeiter die Kreissäge an. Judiths Stimme war nicht mehr zu verstehen. Enttäuscht schloss Anton die Tür, betrachtete zwischen Fenster und Gasofen stehend die Porträts, die er von Johanna gemacht hatte. Er legte sich auf den Boden, betrachtete die Bilder. Der Teppich war an den Rändern noch weich und hell, in der Mitte des Zimmers und unter den beiden Fenstern zeigten dunkel abgetretene Bahnen, wo Anton auf- und ablief, während er nachdachte oder wenn er beim Malen nicht weiterkam.

Anton stand wieder auf, lehnte sich gegen den Gasofen, überlegte.

Über dem Gasofen lief ein breites graues Band zur Decke, das jeden Winter dunkler wurde. Der Gasofen funktionierte nicht richtig, Anton beugte sich immer über ihn, wenn er ihn aufgedreht hatte, um die Wärme einzuatmen, die zu seinem Gesicht aufstieg. Die Abgase, die nicht vollständig verbrannt wurden, traten durch undichte Stellen aus, wo das Rohr in die Wand führte, der seltsame Geruch berauschte ihn einen Augenblick, bis sein Gesicht heiß wurde und er sich abwandte.

Wenn Judith nicht mit ihm reden wollte, war das ihre Sache.

Das Kreischen der Säge hatte aufgehört, zog durch seinen Kopf noch als Schatten. Er hörte Judiths Stimme, aber sie sprach noch leiser, und er versuchte nicht mehr, ihre Worte zu verstehen.

Seit sie den Putz von den Wänden schlugen, lag auf dem Gasofen der feine weiße Staub wie eine Haut. Er drang durch Fenster und Türritzen, setzte sich an der Wand fest, auf den Querstreben der Staffelei, auf dem Fensterglas.

Bevor er sich vom Gasofen wegdrehte, hörte er wieder das Geräusch. Er war sich zuerst nicht sicher, ob es nicht Schritte waren, die durch den Kaminschacht hallten. Er legte seinen Kopf an die Wand über dem Gasofen, hörte aber nur Judith den Telefonhörer auflegen. Über dem Gasofen war nichts, er hatte sich getäuscht.

Draußen knatterten die Planen am Gerüst wie festgezurrte Segel. Vorsichtig stellte Anton die Bilder zur Seite. Er hatte sie aus der Erinnerung gemalt. Johannas Körper ausgestreckt vor der Wand.

So wie er sie an dem Abend gesehen hatte, der alles veränderte.

Anton hatte Johanna zufällig in einem Café getroffen. Sie winkte ihm, als sie ihn sah und kaum, dass er sich zu ihr gesetzt hatte, begann sie zu erzählen.

Sie erzählte, sie sei nur noch wenige Tage oder Wochen in der

Stadt, sie wolle verreisen, Fotoaufnahmen machen mit einem berühmten Fotograf, in Südfrankreich, dann weiterziehen, wo sie eben hingetrieben werde, als Model oder vielleicht sollte sie auch Schauspielerin werden, Filmschauspielerin natürlich, nach Amerika gehen oder so, in einem Jahr sei sie zurück, sie sei eigentlich nur wegen Judith gekommen, viel zu lange sei sie schon hier; eine Stadt, die nicht am Meer liege, finde sie unerträglich.

Sie redete ohne Pause, als fürchtete sie, dass Anton ihr antworten könnte. Aber Anton starrte sie nur an, versuchte nachzudenken, was er tun sollte.

Sie seien ja in Portugal am Meer aufgewachsen, in einem Haus über den Klippen. In einem Garten, den sie nur an der Hand des Kindermädchens verlassen durften, um zu den Felsen zu gehen.

»Ich wollte immer dahin«, sagte sie, »ganz an den Rand und nach unten schauen in die Tiefe. Ich wollte immer alles sehen, alles, ganz vorbeugen musste ich mich, um von der Felskante oben bis nach unten, bis zum Wasser entlang zu blicken. Nie ganz sicher sein, dass man doch hinabstürzt. Dieses Kribbeln auf der Haut, in den Knien. Ich wollte immer alles haben.«

»Und Judith?«, fragte Anton.

Judith sei da ganz anders. Sie wollte immer mit, obwohl sie Angst hatte, an den Felsen hinunterzuschauen, vielleicht hatte sie noch mehr Angst allein zu sein. Überhaupt habe sie immer auf Judith aufpassen müssen, obwohl Johanna die jüngere war. Lauf nicht weg, hatte Judith immer gebettelt und sich an ihr festgehalten.

Anton wollte sie nicht unterbrechen, solang Johanna redete, ging sie nicht fort. Er wusste plötzlich, dass er die Gelegenheit nutzen musste, Johanna zu sich in die Wohnung bringen, vielleicht war es seine letzte Chance.

Sie seien in die Schweiz gezogen, sagte Johanna, nur wegen des Vaters. Zwischen diese hässlichen Berge. Wo es nur Seen gibt, die überall anstoßen. Dabei sei der Vater nie da gewesen, immer unterwegs in anderen Ländern, wo er als Ingenieur Brücken gebaut habe. Sie müsse sich mal so eine anschauen, sagte sie.

Anton wog die Gefahren ab, während er zuhörte. Gefahren, die auf dem Rückweg lauerten, Johanna noch die Gelegenheit geben konnten, sich ihm zu entziehen: U-Bahn-Stationen, in die sie abtauchte. Taxistände, belebte Straßen, in denen sie womöglich Bekannte oder Arbeitskollegen traf, Kneipen, Cafés und Bars, Kinos mit Spätvorstellungen, zu denen sie sich plötzlich entschloss.

Aber er wusste immer noch nicht, wie er sie überreden konnte, mitzugehen. Sosehr er überlegte, es fiel ihm nichts ein. Alles erschien ihm haltlos, kindisch, leicht durchschaubar.

»Was schaust du so ernst?«, fragte sie.

Judith habe erzählt, dass er Maler sei, hörte er sie plötzlich sagen.

»Ach«, winkte er ab.

Was für Bilder er male, fragte Johanna unbeirrt.

»Schwer zu sagen«, sagte er und beobachtete Johannas gleichmäßiges Nicken. Noch einmal suchte er ihren Blick, dann fragte er, während er in der Tasse rührte, so beiläufig wie möglich:

»Willst du sie sehen?«

Hastig fügte er hinzu, Judith käme ja auch bald nach Hause. Johanna nickte, und es sah aus, als hätte sie verstanden.

Als sie neben ihm ging, als er ihre Hand in der Nähe seiner Hand spürte, war es immer noch viel zu früh, um nach Hause zu gehen. Er musste Zeit gewinnen, sie aufhalten, aber womit.

Er musste erzählen, reden, sie unterhalten. Aber was sollte er erzählen. Er hatte seine Kindheit nicht in Portugal verbracht. Seine Eltern lebten in einem Vorort dieser Stadt, die er nie für längere Zeit verlassen hatte. In seiner Erinnerung stritten sie nicht, waren selten krank. Sie hatten gearbeitet, um sich den Wohlstand aufzubauen, der es ihm erlaubte, sich ohne Geldsorgen auf die Kunstakademie vorzubereiten.

Da war nichts Spektakuläres, was man hätte erzählen können.

Er suchte seine Erinnerungen ab, er sah das Reihenhaus vor sich, den Garten, Weihnachtsfeste, Skiurlaub, Reisen ans Meer, es war alles noch so nah, so ungebrochen gegenwärtig, als hätte er nicht das Haus, noch nicht einmal seine Kindheit wirklich verlassen.

Während er Johanna nicht aus den Augen ließ, wurde ihm plötzlich klar, dass ihm wirklich nur seine Bilder blieben, um Johanna zu beeindrucken. Es war alles, was ihn von anderen unterschied; ohne seine Bilder, ohne seine Kunst war er ein durchschnittliches Nichts.

Als dieser Gedanke sich an die Oberfläche seines Bewusstseins gearbeitet hatte, nicht mehr verschwinden wollte, begann Anton fast seine gute Laune und jedes Interesse an Johanna zu verlieren.

Er versuchte sich nichts anmerken zu lassen, schloss umständlich die Wohnungstür auf.

»Ich habe schon im Kindergarten gezeichnet«, begann er, nachdem er festgestellt hatte, dass bis zur letzten U-Bahn noch Stunden vergehen mussten. Als sie sich unschlüssig im Zimmer umsah, zog er seine Skizzenblöcke hervor.

Sie stand neben ihm, während er kniend den ersten aufblätterte, langsam, Blatt für Blatt: südliche Landschaften, Sonnenuntergänge, das Meer. Fischerboote, Möwen, Möwen über dem Meer, Möwen hinter Fischerbooten. Möwen über gefangenen Tintenfischen, Menschen und Möwen, Menschen und gebratene Tintenfische, Menschen und gebratene Tintenfische vor einem Sonnenuntergang.

»Fotografierst du auch?«, fragte Johanna.

»Leider nicht«, sagte Anton und schlug die letzte Seite des Skizzenblocks auf. Sie zeigte ein Fischerboot in Form eines Tintenfisches, in dessen Netz sich die untergehende Sonne verfangen hat.

»Ein wenig surreal«, sagte Anton.

»Ich liebe das Meer«, Johanna sah ihn an, »das Meer ist Anfang und Ende.«

»Was?«, fragte Anton und versuchte zu lächeln. Er sah zur Uhr, es hatte knapp acht Minuten gedauert, er machte sich Sorgen. Weil sie nichts zu den Bildern sagte und er es nicht aushielt, die im Grunde miserablen Skizzen noch längere Zeit schweigend anzustarren. Der zweite Block des Stapels zeigte noch mehr südliche Landschaften, Sand-, aber keine Felsstrände, die sie an ihre Kindheit erinnert hätten. Lösshügel, dunkle Zypressen, Gehöfte.

»Überall diese überwucherten Wege«, sagte er, »und dann wieder diese Klarheit der Landschaft.«

Er hörte Johanna neben sich gleichmäßig und ruhig atmen.

Der dritte Skizzenblock stammte aus seiner Gymnasialzeit: Hände, Schultern, Nasen, lange Nasen, kurze Nasen. Finger und Stücke von Fingern, Fingernägel, der Brustkorb einer Frau ohne Brüste.

Anton sah auf die Uhr. Es waren zweiundzwanzig Minuten vergangen. Bevor er den vierten Skizzenblock in die Hand nahm, fragte er, ob sie etwas trinken wolle, aber sie schüttelte den Kopf. Er hätte einen guten Wein da. Sie schüttelte den Kopf.

»Oder Tee?«, fragte er.

Er nahm den vierten Block in die Hand, Johanna sagte, dass es sehr schön sei, was er mache.

Im vierten Skizzenblock hatte er mit Buntstiften die Reihenhäuser der Siedlung gezeichnet.

»Da komme ich her«, sagte er.

»Sieht langweilig aus«, sagte Johanna, ohne ihn anzusehen.

Sie hatte Recht, aber es ging doch nur darum Zeit zu gewinnen.

»Kannst du dir vorstellen, wie es ist, dort aufzuwachsen?«

Sie schwieg.

»Wenn alle das Gleiche haben, alle gleich sein wollen und alle gleich sind?«

Sie sah ihn an.

»Verstehst du, was ich sagen will?«, fragte er.

»Nein«, sagte sie.

Plötzlich beugte sie sich vor, legte ihre Hand auf sein Knie und fragte, ob er sie malen wolle.

»Jetzt?«, fragte Anton.

Johanna sagte, sie kenne viele Maler, die nur am Abend arbeiteten.

»Natürlich«, sagte Anton und sprang auf, überzeugt, dass er nun endgültig gewonnen hatte und gleichzeitig ängstlich, da ihm nichts schwerer fiel, als Gesichter zu porträtieren.

Er lief in die Küche, um einen zweiten Stuhl zu holen, blieb stehen, als er ins Zimmer kam, wusste nicht, ob er sie anschauen sollte oder nicht, ob er wieder hinausgehen sollte oder auf sie zu.

Johanna stand nackt vor ihm und lächelte.

Ihre Kleidungsstücke hingen über dem Stuhl, auf den er sich eigentlich hatte setzen wollen, jetzt wagte er es nicht mehr.

Ob es so ginge, fragte sie, als sie sich vor die leere Wand auf den Boden legte. Sie atmete ganz flach, so dass selbst ihre Brüste sich nicht mehr bewegten, unter ihrer ockergelben Haut versteinten.

Sie lag vor ihm und er starrte sie an. Es war schwierig, weil er sich kein Bild von ihr gemacht hatte. Sie lag ihm fremd gegenüber, seit sie nackt war, hatte sie sich noch weiter von ihm entfernt.

Er zeichnete die Hüften, Bauch und Schulter, den Kopf deutete er nur an. Seine Hand zitterte und er setzte ab, blickte scheu zu ihr.

Er konnte sie nicht mehr einfach berühren, wie unabsichtlich eine Hand auf ihre Schulter legen oder auf ihr Knie. Es war jetzt alles anders. Er merkte, wie unregelmaßig er atmete, dass er nicht einmal mehr fähig war, aufzustehen. Er war von ihrer Nacktheit gefangen, klein und endlos verloren fühlte er sich vor ihr.

Es blieb ihm nichts, als sich wieder auf die Zeichnung zu konzentrieren. Er zeichnete feine Schraffuren, befeuchtete die Bleistiftspitze, rieb sie über das Papier. Mit schnellen Strichen markierte er ihre dünnen Beine, gab zwei gebogenen Linien für die Knie und kehrte zu ihrem Hals zurück.

Als sie fragte, ob er fertig sei, nickte er. Sofort stand sie auf, und bevor er sagen konnte, sie solle warten, hockte sie sich neben ihn und betrachtete das Bild. Fast hätte er es da doch versucht und die Hand nach ihr ausgestreckt, um sie zu berühren, aber als sie fragte, ob sie das Bild haben könne, fiel Anton nichts anderes ein, als zu sagen, er habe es für sie gemalt, er schenke es ihr, es sei ihm ja besonders wichtig, aber weiter kam er nicht mit seinem hilflosen Gestammel, da sie aufstand. Sie nahm ihre Kleidung vom Stuhl, begann sich anzuziehen. Er wagte nicht hinzusehen, trennte vorsichtig das Bild aus seinem Skizzenblock. Johanna nahm das zusammengerollte Papier, lächelte ihn an und war, ohne ein weiteres Wort von ihm abzuwarten, an der Tür und verschwunden.

Wie gelähmt sah er vom Fenster aus zu, wie sie zur U-Bahn ging und winkte mit der weißen Rolle in der Hand, die wie ein Vertrag leuchtete, der Hoffnung macht auf ein Wiedersehen.

Jeden Abend, der ihm noch bis zu ihrer Abreise blieb, versuchte er jetzt sie wieder zu sehen. Er lief durch die Straßen der Altstadt, über das Pflaster zwischen den Straßenbahnschienen, auf denen sich das Rotgrün der Ampeln spiegelte. Zur Museumsbrücke über den Fluss, wo die Treppen hinabführten zu den Kieswegen. Unter den Bögen der Brücke lebten Obdachlose, und noch auf den Wegen stank es nach der Pisse der Betrunkenen, die nachts hier vorbeikamen. Hinter der Brücke auf dem Steg, unter den Bäumen am Flussufer blieb Anton stehen, um neben sich das gurgelnde Wasser zu hören, das dunkel an der Mauer entlangschoss. Er legte seine Hände auf den warmen körnigen Stein der Brüstung und sah in den glänzenden Nachthimmel am anderen Ufer, wo sich die Kirchtürme ins Scheinwerferlicht streckten. Durch den Park lief er zum Universitätsviertel, bis er endlich wieder zwischen den Häusern eintauchte, die Straße erreichte, an deren Ende das Gebäude der Kunstakademie stand. Höher als die umliegenden Häuser war es und breit wie ein Fels, der im Meer schläft, ein dunkler Rücken, in dem nur wenige Fenster leuchteten. Er setzte sich draußen an den Tisch eines Straßencafés und ließ das Gebäude nicht aus den Augen. Während er sich vorstellte, wie es nächstes Jahr sein würde, wenn er endlich dazugehörte, beobachtete er genau die Straße.

Von der Akademie zu Johannas Wohnung waren es nur ein paar Schritte, für die er sich mehr Zeit ließ als von zu Hause zur Akademie. Er blieb vor Geschäften stehen, sah sich unauffällig um, blickte durch die Fenster in die Cafés.

Er beobachtete die Fenster ihrer Wohnung im vierten Stock, obwohl da kein Licht war.

Er wechselte die Straßenseite, blieb im Schatten eines Hauseingangs, konnte sich nicht entschließen, nach Hause zu gehen.

Jeden Abend war er unterwegs, aber Johanna tauchte nicht auf. Nicht in ihrer Wohnung, nicht bei Judith. Als sei sie vom Erdboden verschluckt oder bereits verreist, blieb sie verschwunden. Doch er gab nicht auf, beobachtete weiter das Haus, das Café, wo sie sich zufällig getroffen hatten, ging erst spät und erschöpft vom Suchen nach Haus.

Wenn Anton nachts heimkam, blieb er erst draußen stehen und blickte sich um, bevor er die Haustür aufsperrte und hineinschlüpfte. Die Tür fiel hinter ihm ins Schloss, die Geräusche blieben draußen, drinnen war es nur still. Das Haus war seine Haut gewesen, bis es Vleutz gekauft hatte. Es war der einzige Platz gewesen, wo er sich sicher gefühlt hatte.

Mit den Fingern tastete er sich den Putz entlang durch den langgekrümmten Gang zur Treppe. Das Weiß an den Fingern leuchtete. Kalkhaut. Steinhaut, Haut, die nichts durchließ. Niemand konnte ihm hier etwas tun.

Er brauchte kein Licht, konnte sich das ausgebürstete Grau der ersten Stufe vorstellen, die feinen Rillen, in denen das seifige Wasser glänzte, wenn die Hausmeisterin die Treppe putzte, was im ganzen Haus zu hören war. Die Stufen knarrten, wenn er im Dunklen hinaufstieg, immer lauter, je höher er kam.

Über seinem Kopf hing das Viereck des Lichthoffensters, hob sich von den helleren Wänden ab. Früher hatte ihn durch das wässrige Glas, durch die Flecken vom letzten Regen das Gesicht von Schnaubelts Katze angestarrt, die im ersten Stock zum nächtlichen Freigang in den Lichthof entwichen war. Leicht stieß sie mit der Nase gegen das Fenster, als sähe sie es nicht. Erst wenn Anton die Hand hob, flüchtete sie, verschwand im Spalt zwischen Vorhängen und Wand im tonlos blauen Nachtlicht des Fernsehers, vor dem der betrunkene Schnaubelt eingeschlafen war.

Anton stieg weiter nach oben. Wenn er heimkam, waren die Fenster von Judiths Zimmer meist dunkel. Dunkel auch das Fenster der alten Kunzl gegenüber, genauso dunkel die zwei Stockwerke darüber, wo die Familien gewohnt hatten.

Immer noch stand Spülmittel- und Weihwassergeruch im Treppenhaus, und vor Schnaubelts Tür stank es nach verrottenden Teppichböden und Asche. Am nächsten Fenster blickte Anton von oben in den Lichthof hinunter, wo er früher den Schatten der Katze an den Wänden gesehen hatte.

Zwei Wochen, nachdem Schnaubelt die Wohnung hatte verlassen müssen, war die Katze verschwunden. Sie strich noch durch das Haus, versteckte sich in den Speicherabteilen auf dem Dachboden und war nicht mehr zu sehen, als Vleutz auf dem Dach zu arbeiten begann. Schnaubelt hatte den Aufhebungsvertrag in der früheren Wohnung der Hausmeisterin unterschrieben. Anton hatte es von Judiths Zimmer aus gesehen. Schnaubelts betrunkene Stimme stieg an den Wänden nach oben, bis Vleutz das Fenster schloss. Anton stand an die Wand gedrückt, um nicht entdeckt zu werden, und sah, wie Schnaubelt mit der flachen Hand auf das Papier schlug, aus der Bierflasche trank, die ihm Vleutz hingestellt hatte, sah einen Vleutz, der nichts mehr sagen musste, der auf seine Uhr sah, der aufstand und zusah, wie Schnaubelt langsam und mit gebücktem Kopf unterzeichnete, erst weiterredete, als er den Stift aus der Hand gelegt hatte.

Anton drückte seine Fäuste gegen die Wand, aber es half nichts. Schnaubelt bekam einen Keller in einem anderen Haus von Vleutz, tauchte nicht mehr auf, als er auch aus dem Keller vertrieben wurde.

Im selben Stockwerk wie Anton, über der Wohnung der Hausmeisterin, hatte die alte Frau Kunzl gewohnt, die noch im Haus geboren worden war. Anton erinnerte sich, wie sie rückwärts die Treppe hinabstieg, der Stock an ihrem Arm baumelte, für zwei Stockwerke brauchte sie fast eine halbe Stunde. Ich bin der Krebs vom Haus. Solange ich laufen kann, gehe ich selbst, egal wie herum, hatte sie jedes Mal zu Anton gesagt, der es tröstlich fand, dass man noch heute an einem Ort sein ganzes Leben klaglos verbringen konnte.

Das letzte Mal hatte sie sich vorgebeugt und geflüstert: Vleutz' Arbeiter hätten ein Loch in ihre Zimmerdecke geschlagen und er selber habe gesagt, sie müsse jetzt bald ins Altersheim.

Aber Anton dürfe nichts sagen.

Zwei Wochen sah er sie nicht, dann blieb auf einmal ihre Wohnungstür offen stehen. Als sei sie nur für kurze Zeit fort.

Die Möbel standen in der Wohnung, niemand kümmerte sich darum. Aber die Frau Kunzl war offenbar fort. Nur zwei- oder dreimal sah Anton Arbeiter von Vleutz, die Bilderrahmen oder Stühle mitnahmen. Später hieß es, sie sei einige Tage nach ihrer Einlieferung ins Altenheim gestorben.

Die Tür stand nachts immer offen, ein schwarzer Spalt, als wartete jemand darauf, dass Anton sie langsam aufdrückte. Anton stand im Dunkel vor ihrer Tür und überlegte, ob er es tun sollte. Sich zwischen den Küchenbuffets, Kommoden und schwarzen Schränken zum Fenster tasten, von dem man in den nächsten Hof sehen konnte.

Aber er hatte Angst, dass jemand hinter der Tür stand und auf ihn wartete, und immer wenn er an der Tür vorbeimusste, sehnte er sich einen Augenblick lang in die hellen Straßen der Stadt zurück.

Ja, manchmal hatte er Angst. Wenn Judith nicht da war. Er hatte Angst, dass Vleutz das Haus anzündete oder in die Luft sprengte. Immer, wenn er Geräusche hörte, die er nicht kannte. Er war überzeugt, dass Vleutz am Ende von Frau Kunzl schuld war. Er schüttelte die Gedanken ab, als er merkte, dass Judith in sein Zimmer gekommen war. Er versuchte an ihren geschwollenen Augen vorbeizusehen, er versuchte zu lächeln, aufmunternd.

»Hast du es auch gehört? Ich weiß nicht, wo es herkommt«, sagte sie, »irgendwas ist in den Wänden.«

»In den Wänden kann nichts sein.« Anton hob den Kopf.

Anton hörte es jetzt auch wieder und nickte, obwohl er es lieber geleugnet hätte.

»Vielleicht ist es oben«, sagte er, ohne selbst daran zu glauben.

»Es ist nicht oben, es ist hier. Hier in der Wohnung. In der Küche«, sagte Judith.

Anton tastete sich an der Wand entlang zum Gang. Judith folgte ihm, ohne ihn aus den Augen zu lassen. Aber im Gang und an der Wohnungstür war nichts. Anton öffnete sie. Im Treppenhaus hörten sie nur das Rauschen der Stadt.

»Es ist nicht draußen«, sagte Anton.

»Es ist in den Wänden«, sagte Judith, »es kann nur in den Wänden sein.«

Sie stand ganz dicht neben Anton, er hörte sie atmen. Anton legte seinen Kopf zur Seite, um ihr näher zu sein, ihre Wärme zu spüren. Das Licht fiel durch das Lichthoffenster in das Treppenhaus, heller als in den vergangenen Tagen. Auf den Stufen, die nach oben zu den leer stehenden Wohnungen führten, lag dick und mehlig der Staub.

Vielleicht hat es jetzt aufgehört, dachte Anton und ging zurück in die Küche.

»Es ist mehr in der Küche.« Judith beobachtete, wie er sich an der Wand entlang zum Kühlschrank tastete.

Aber dort war nur das Summen des Aggregats zu hören. Erst neben der Spüle wurde es lauter. Als ob Steine gegeneinander rieben, als ob Stücke von Stein abbrachen und gleichzeitig etwas pfeifend entwich. Anton stand auf Zehenspitzen, das Ohr an der Wand. Aber es war nicht nur hier. Er hörte es gleichzeitig auf der anderen Seite.

Anton schob den Tisch und die Stühle zur Seite, ging langsam gebückt an der Wand entlang, hörte das Rieseln am stärksten, wo eine Nische war.

»Ich weiß es«, sagte er dann, »es ist im Kamin.«

Er berührte Judith vorsichtig an der Schulter, damit sie ihm in ihr Zimmer folgte.

Auf dem Boden lagen aufgeschlagene Fotoalben, Fotos, neben einer Schuhschachtel Briefe. Vorsichtig stieg Anton darüber, setzte seinen Fuß neben ein Album, berührte es fast. Am Kopfende des Bettes war der zweite Kamin in der Wand. Anton kniete sich auf das Kissen, presste das Ohr an die Wand. Als ob beständig Staub und kleine Steine nach unten fielen, beständig von oben jemand etwas hineinschüttete, als ob sich die Kamine von innen auflösten. Er kletterte hinunter. Auf den meisten Fotos waren die beiden Schwestern oder Johanna mit den Eltern oder die Schwestern und die Eltern oder Johanna allein zu sehen.

»Es ist in beiden Kaminen«, sagte er, als sie in der Küche den Tisch an seinen Platz zurückstellten.

»Wir müssen hier raus«, sagte Judith, das Haus stürzt zusammen.

»Es wird nicht zusammenstürzen«, sagte Anton, »er will nur, dass wir Angst haben. Er will uns loswerden, das will er.«

»Woher weißt du, was er will«, fragte Judith und sah ihn an, »du weißt nicht einmal, wer hinter all dem steckt.«

Niemand weiß das, dachte Anton. Weil niemand an ihn herankam. Man wusste nur, dass er nicht allein war. Jeder hatte seine Theorie. Die Baukommission, der Mieterverein, die Polizei. Alles war möglich. Eine Gruppe junger Bauunternehmer mit Geld konnte es sein, eine Sekte, die Geldwaschanlage einer Partei.

»Er will nur, dass wir Angst haben«, wiederholte Anton stoisch.

»Nur Vleutz und du«, Judith schüttelte den Kopf, »ihr habt keine Angst.«

Keine Angst, dachte Anton, wie kann jemand keine Angst haben. Vleutz vielleicht. Vleutz musste keine Angst haben. Vleutz hatte Freunde, irgendwo oben, bei der Staatsanwaltschaft, im Justizministerium, die die Strafverfahren niederschlugen. Andere Freunde oder dieselben zahlten die Bußgelder, wenn er wegen ungenehmigter Baumaßnahmen verurteilt wurde. Sie zahlten die Anwälte, sie holten ihn raus, wenn er zu weit gegangen war. Vielleicht gehörte Seighels dazu. Vleutz hatte jetzt vier Häuser in der Stadt, und seine Telefonnummern wechselten jede Woche. Es war bekannt, dass Vleutz einen Wohnsitz in der Schweiz hatte. Und einen Gewerbeschein, auf dem »Unternehmensberater« stand. Vleutz erledigte die Drecksarbeit, Seighels lebte im Fränkischen in einer kleinen Stadt.

Im Grundbuch standen immer beide Namen. Aber Anton hatte Seighels noch nie gesehen. Es musste Hintermänner geben, die beiden konnten es nicht alleine tun.

Vleutz musste nur schnell sein und arbeitete deswegen selber mit. Er trug ein Sweatshirt, Jeans und Arbeitshandschuhe. Er half im Treppenhaus den Putz abzuschlagen und in Schnaubelts Wohnung die Wände einzureißen. Damit Fakten geschaffen waren, falls die Beamten der Baukommission kamen, um die Bauarbeiten einzustellen, die Wohnungen zu versiegeln, weil Vleutz ohne Baugenehmigung arbeitete.

Morgens lief Anton durchs Haus und wenn die Siegel aufgebrochen waren, rief er die Baukommission an, die mit der Polizei kam, um den Siegelbruch aufzunehmen.

Vleutz hatte nichts gesehen. Obdachlose seien es gewesen, sagte er zu den Beamten der Lokalbaukommission, wenn sie ihn trafen. Obdachlose, die in das Haus eindringen oder die Mieter, sagte Vleutz, die wollen mich fertig machen. Die wollen keine Mieten zahlen. Die wollen hier umsonst wohnen. Ich renoviere nur das Haus.

Die Wohnungen, der Speicher, der Keller wurden neu versiegelt, und da keine Fingerabdrücke gefunden wurden, rückte die Polizei wieder ab. Die Baubeamten verabschiedeten sich mit den Worten, vor Gericht sehen wir uns alle wieder, und kehrten an ihre Schreibtische zurück, weil sie nicht mehr tun konnten. Anton blieb in dem Haus, aus dem jeden Tag wie aus einem faulen Zahn von Vleutz' Arbeitern ein Stück mehr herausgeschlagen wurde.

Einmal hatte Vleutz Anton die Pläne von seiner umgebauten Wohnung gezeigt. Anton spürte, dass Vleutz anerkennende Worte erwartete. Aber er sah, dass auf dem Plan die Küche dann in seinem Zimmer lag, es fehlten Wände, es war nicht mehr seine Wohnung. Er konnte dort nur noch allein wohnen, es war eine Wohnung, die er nicht mehr bezahlen konnte. Er spürte Vleutz' Blick, während er auf den Plan starrte, drehte sich um und ging, weil ihm nichts einfiel, was er sagen konnte, weil es sinnlos war, mit ihm zu reden.

Was wusste er schon von Vleutz. Dass er einen Plan hatte, den er ohne Rücksicht ausführen würde. Dass er Betriebswirtschaft studiert hatte. Vor Gericht als Kaufmann Christian Vleutz steht. Dass er sagt, dass man mit ihm über alles reden könne. Der Kaufmann Christian Vleutz, geboren 1961, wohnhaft Lenzerheide, Graubünden, wird anschließend verurteilt zu 3000 Euro Geldbuße wegen ungenehmigter Baumaßnahmen und Verstößen gegen den Denkmalschutz. Christian Vleutz legt Berufung ein. In zweiter Instanz habe er noch alle Prozesse gewonnen, hat er Anton gesagt, mit selbstverständlicher Sachlichkeit, ohne Stolz.

Es war zu wenig, um mehr zu tun als zu warten, durchzuhalten, zu hoffen.

»Wenn wir nur wüssten, wer die Geldgeber sind«, sagte Anton, »dann könnte man ganz anders. Man könnte an die Öffentlichkeit gehen. Den Druck verstärken. Wenn das eine Sekte ist, eine Partei, wenn man wüsste, wer die Fäden zieht.«

Er sah Judith zu, wie sie die Blechdose mit dem Kaffee aus dem Regal nahm, hörte, wie seine Worte sich im Zimmer auflösten.

»Frag ihn doch«, sagte Judith, ohne sich umzudrehen.

Sie hatte den Kopf zurückgelegt und starrte an die Decke. Wenigstens redet sie wieder mit mir, dachte Anton und entschloss sich, sie heute nach Johanna zu fragen.

»Ich will wissen, was das für Geräusche sind«, sagte Judith, »das ist kein Spiel.«

Unwillig stand Anton auf, lief aus der Wohnung das Treppenhaus nach oben. Das Haus war leer, auch auf dem Dach sah er niemanden.

Erst als er wieder die Treppe hinuntersteigen wollte, sah er vor den Wohnungstüren im obersten Stockwerk Gasöfen stehen. Einen Augenblick überlegte er, dann entschloss er sich zu schweigen.

»Es ist niemand da«, sagte er zu Judith, »es hat aufgehört.«

Sie nickte, starrte auf die Kaffeemaschine.

»Wenn du«, sagte er, »mit ihm zufällig sprichst. Wenn sich ein Zufall herbeiführen ließe, durch den du etwas herausbekommst«, sagte er.

»Ich würde jemanden bezahlen, wenn ich Geld hätte«, sagte Anton.

Die Flüssigkeit tropfte aus dem Filter auf den Glasboden der Kaffeekanne, bildete eine Pfütze, breitete sich zu den Rändern aus.

»Warum ziehst du nicht aus?«, fragte Judith, »warum machst du es dir so schwer?«

Die fallenden Tropfen blinkten im Licht, bevor sie eintauchten.

»Ich lass mich nicht vertreiben.« Anton sah wieder Johanna vor sich und er wusste plötzlich, dass es nur den Weg gab, Judith die Wahrheit zu sagen.

»Ich habe das Gefühl, beobachtet zu werden«, sagte Judith, »aus der leeren Wohnung gegenüber.«

»Niemand beobachtet dich.«

»Es ist dunkel und es ist laut«, sagte Judith, »man kann hier nicht arbeiten. Du doch auch nicht.«

»Ich kann nicht ausziehen.« Anton nahm zwei Tassen heraus, drehte sich langsam zu Judith um. Jetzt, dachte er.

»Ich habe es Johanna versprochen«, sagte er dann, »ich habe ihr versprochen, dass ich nicht aufgebe, dass ich bleibe und weiterkämpfe.«

Er sah Judith nicht an.

»Was?«, fragte Judith überrascht.

Es war der Abend, dachte er, an dem die Speicher zerstört wurden.

»Es war ein Zufall«, sagte er, »dass ich sie getroffen habe. Ich komme manchmal in die Gegend, in der sie wohnt.«

Er war stehen geblieben, langsam über die Straße gegangen, damit sie ihm nicht ansehen konnte, dass er sich freute.

»Ganz allein Eis essen?«, fragte er, als er das leere Schälchen vor ihr sah.

»Wieso allein?«

Anton sah sich um, aber er sah niemanden, der zu ihr zu gehören schien.

»Setz dich doch«, sagte sie, und Anton zog den Stuhl heran, schob die Kaffeetasse zur Seite.

»Schön dich zu sehen«, sagte Johanna und dann lächelte sie und Anton lächelte ebenfalls, aber ihr Lächeln galt nicht ihm, sondern Henrik, der plötzlich neben ihm stand.

»Ihr kennt euch ja«, sagte Johanna.

»Flüchtig«, sagte Henrik.

Anton war so überrascht, dass er wieder aufsprang.

»Hol dir doch einen Stuhl«, bat Johanna. Anton wusste nicht, wen sie meinte, blieb stehen, wartete, starrte Henrik weiter an.

»Jetzt setzt euch doch«, hatte Johanna gesagt.

»Erzähl es mir genau«, sagte Judith.

»Ich weiß es nicht mehr genau«, sagte Anton, »sie war allein und hatte nichts zu tun und hat sich in das Eiscafé gesetzt.«

Anton blickte vor sich auf seine Hände.

»Sie war allein«, wiederholte er und sah Judith an. Das stimmte auch, denn plötzlich war Henrik fort gewesen.

»Ich habe ihn zufällig getroffen«, hatte Johanna beiläufig gesagt, sich zurückgelehnt, den Himmel betrachtet, der immer noch nicht dunkel geworden war, sich langsam zwischen die Häuser senkte.

Sie gingen am dunklen Fels der Akademie vorbei über den Boulevard zum Park. Im Dunkel berührten sich ihre Hände. Er schaute sie an und betrachtete ihr Gesicht. Sie gehört mir, hatte er auf einmal gedacht, sich ganz sicher gefühlt.

Auf der Brücke blieb sie stehen und beugte sich über die Brüstung. Er drückte sich vorsichtig an sie. Unten strömte das Wasser schwarz zwischen den Pfeilern, schluckte das Licht der Ufer, der Türme, des Nachthimmels. Sie ließ es zu, dass er seine Hand auf ihre Schulter legte, drehte sich um und ihr geöffneter Mund war ganz nah an seinem, als er sie an sich zog.

Später, auf dem Uferweg hinter der Brücke war es noch dunkler, steil fiel die Böschung zum Wasser ab, zwischen den Büschen war nur zu hören, wie es an dem schmalen Uferstreifen entlang schoss.

Sie gehört mir, dachte Anton, als sie seine Hand nahm. Sie gehört mir, dachte er, als sie stehen blieb, ihre Stirn an seinen Mund legte.

»Komm«, sagte sie ohne aufzublicken, »lass uns zum Wasser hinunter. Ich will das Wasser sehen. Wie es fließt.«

Anton ließ sich von ihrer Hand an den Rand des Weges ziehen.

»Komm nach unten«, sagte sie und hielt seine Hand fest. Anton folgte ihr widerwillig die ersten Schritte ins Dunkel, sah ihr Haar zwischen den Zweigen eintauchen, wusste nicht, was über sein Gesicht streifte. Sie blieb stehen, küsste ihn, stieg weiter hinab, ließ seine Hand nicht los.

Dann begann er zu rutschen, versuchte sich an Zweigen festzuhalten, aber es blieben nur Blätter in seiner Hand.

»Wo willst du hin?«, fragte er keuchend, hielt mühsam das Gleichgewicht, »da kann man nicht runter. Da ist kein Geländer.«

»Ja und?« Sie blieb kurz stehen, blickte zu ihm zurück. Er sah ihre Augen in ihrem hellen Gesicht, ihr Haar, das mit dem Dunkel des Gebüschs verschwamm.

»Komm wieder hoch«, sagte er, »bitte.«

Aber sie hielt ihn fest.

»Es sind nur ein paar Schritte. Wir sind gleich da.«

»Da stürzt man ab«, sagte er, »ich rutsche.«

»Du darfst keine Angst haben. Vertrau mir.«

»Ich hab keine Angst«, sagte er und wusste, dass das nicht stimmte, ließ aber nicht den Blick von ihr in der Hoffnung, sie könnte ihm glauben, nachgeben, mit ihm nach oben kommen, sah aber, wie sie langsam den Kopf schüttelte, spürte, wie der Druck ihrer Finger in seiner Hand nachließ, wie er keine Kraft hatte, sie fester zu fassen.

»Komm hoch«, sagte er schwach.

Sie sah an ihm vorbei, zog ihre Hand zurück.

»Du bist nicht mein Kindermädchen«, sagte sie leise und ernst.

Anton kletterte nach oben, wartete, bis sie vor ihm zwischen den Zweigen auftauchte, mit verschränkten Armen neben ihm ankam. Wie eine unnahbare Fremde stand sie neben ihm. Er wartete, ob sie noch etwas sagen wollte, aber sie sah ihn immer noch nicht an.

Schweigend querten sie bei der Museumsbrücke den Fluss. Anton wagte nicht mehr, sie zu berühren.

»Dir wird doch was in Erinnerung geblieben sein«, sagte Judith.

»Wir haben Eis gegessen und sind spazieren gegangen«, sagte er, »was soll ich da erzählen.«

»Wann hast du es ihr versprochen und warum?«

»Im Haus dann«, sagte Anton, »wir haben Stimmen gehört. Ich weiß nicht, warum sie noch mitgekommen ist. Vielleicht wollte sie dich sehen.«

Im Gang blieb sie vor ihm stehen, wartete. Ihre Haare waren auf seinem Gesicht, unter dem Stoff des Kleides spürte er ihre Haut. Die Stimmen der Männer hörte er erst, als er die Wohnung aufschließen wollte. Er zögerte, sagte dann aber, er müsse nur schnell nachsehen.

»Wir haben Stimmen gehört«, sagte Anton, »als wir die Stimmen gehört haben, sind wir nach oben gelaufen. Die Polizei war da, und alles, was in den Speicherabteilen lag, war auf einen Haufen geworfen, die Holzgitter zerstört, die Möbel. Nur mein Speicher mit den Skulpturen war verschont. Der Polizist fragte, ob etwas verschwunden sei, aber wer sollte das feststellen. Ansonsten, hat der Polizist gesagt, könnten sie nichts machen, Vleutz tue ja nichts Verbotenes, es sei ja sein Haus und sein Dach und jeder konne mit dem, was ihm gehöre, tun was er wolle, und wenn er seinen Besitz eben zerstöre, sei das seine Sache. Dann habe ich gefragt, was wir jetzt tun sollen und der Polizist hat gesagt, das wisse er auch nicht. Aufräumen sollten wir, und am besten sei es, sich nach einer neuen Wohnung umzuschauen, stell dir das vor.«

»Und was hat Johanna gesagt«, fragte Judith.

Johanna stand hinter Anton, und er schaute sich zu ihr um, sie blickte an ihm vorbei ins leere Dunkel des Dachbodens. Er lächelte, als wollte er sagen, dass sie hier gleich fertig seien, aber sie bemerkte sein Lächeln nicht.

Es gab dann nichts mehr zu sagen, und er ließ die anderen vorgehen, so dass sie die Letzten waren, die die schmale Treppe vom Speicher hinabstiegen. Er legte seine Hand auf ihre Schulter und zog sie an sich heran, aber sie blieb nicht stehen. Vor der Wohnung sah sie ihn an, und er wusste nicht mehr, warum er es erwartet hatte. Sie sagte:

»Ich will jetzt gehen.«

Schnell versuchte er sie zu küssen, aber sie wehrte es ab und er nickte, als spräche sie seine Gedanken aus.

Aber er wollte sie nicht gehen lassen, nicht so, den Moment des Abschieds aufschieben, und so lief er mit ihr wieder hinunter. Folgte ihr mit einem ›Vielleicht‹ im Kopf. Vielleicht fahren die U-Bahnen nicht mehr, aber sie winkte nach einem Taxi, und bevor sie einstieg, fragte er, wann er sie anrufen könne, und sie fragte, ob er sich die Nummer merken könne, und er sagte, dass es ihm Leid tue, dass der Abend nicht so gelaufen sei, er sagte, er hätte sich aber sehr gefreut, während ihre Hand die Tür des Taxis öffnete, das nun neben ihnen stand.

»Bleib«, hatte sie gesagt, »versprich es mir. Du bist der Einzige, der Vleutz aufhalten kann. Du darfst Judith nicht zurücklassen. Du bist nicht allein.« Und sie winkte:

»Bis ich zurückkomme«, rief sie aus der offenen Tür, »versprichst du es mir? Pass auf Judith auf, ja, dann wirst du mich wieder sehen und wir«, sie lachte plötzlich, »wir fangen noch mal von vorn an.«

Anton lief noch zwei kleine Schritte auf das Taxi zu, aber die Tür war dazwischen und sie verschwand hinter ihr. Das Taxi fuhr an, bevor die Tür ganz geschlossen war.

»Ich weiß nicht mehr, wann ich es ihr versprochen habe«, sagte Anton und stand auf. Er fühlte sich nicht mehr fähig, Judith irgendetwas zu fragen. Vielleicht hatte er sich in allem getäuscht. Vielleicht interessierte sich Johanna gar nicht für ihn. Man wird nur die Bilder nicht mehr los, dachte er, als er in sein Zimmer ging, Judith in der Küche zurückließ, ohne Hoffnung, dass Johanna zurückkam.

Unschlüssig stand er neben dem Tisch.

Vleutz töten, dachte er, war das Einfachste. Ich werde ihn umlegen, wenn Johanna nicht kommt. Ich werde ohne sie auf seine Beerdigung gehen. Im Herbst, wenn es regnet, niemand auf die Sargträger achtet, die sich mit Schnaps die Kälte aus dem Körper gebrannt haben. Auf den nassen Wegen liegt das faulige Laub. Der Wind wird den Regen von den Bäumen schlagen, die Pfützen breiten sich von den Rändern der Kieswege zur Mitte aus. Alle müssen hintereinander gehen. Die Freundin hinter der Mutter, Seighels hinter der Freundin. Ich werde hinter dem Staatsanwalt gehen, niemand beachtet mich. Niemand tritt mit seinen Schuhen vom Weg an das offene Grab, will den schmierigen Griff der kleinen Schaufel in die Hand nehmen. Auch ich nicht. Ich werde hinten stehen und mich fragen, warum ich gekommen bin.

In seinem Zimmer war es so dunkel, dass die Bilder nur noch als rechteckige Flecken vor der Wand schwammen. Anton kniff die Augen zusammen.

Draußen in der Küche läutete das Telefon, aber Anton bemühte sich nicht, Judiths Stimme zu verstehen.

Er hörte, wie sie den Hörer auflegte, seine Zimmertür öffnete sich langsam. Judith sagte, dass sie morgen zu ihren Eltern in die Schweiz abreise. Und ohne ein Wort von ihm abzuwarten, als hätte sie lieber gar nicht mit ihm gesprochen, schloss sie die Tür.

Vleutz töten, dachte Anton, einer muss es ja tun. Warten, bis er auf die Straße tritt, warten, bis er nach oben schaut. Warten, bis er im Lichthof steht, wo ihn niemand sehen kann außer mir.

2. Kapitel

Alles werde ich dir erzählen, Johanna. Wie ich dir immer alles erzählt habe.

Ich werde die Tür zu deinem Zimmer öffnen und sehen, ob du schläfst. Nichts werde ich sagen, nur darauf warten, dass du mich ansiehst. Ich warte, bis du mich erkennst, dann erst gehe ich auf dich zu.

Vielleicht sage ich es dir nicht gleich morgen, vielleicht erst, wenn sich eine Gelegenheit ergibt.

Vielleicht hast du ein Zimmer mit Balkon, dachte Judith, wir können draußen sitzen, fünf oder acht oder noch mehr Stockwerke über der Stadt. Wir hören sie unter uns, aber sie kümmert uns nicht.

Judith blieb im Dunkel stehen. Es roch nach frischgemähtem Gras, das nass geworden war, nach Kornfeldern und Kuhweiden. Über den Häusern hing die Lichterkette der Flugzeuge im Landeanflug über dem See, fern und unbeweglich.

Das Haus ihrer Eltern war das letzte an der Straße, die sich den Hügel in die Berge hochzog. Früher hatten sie in Zürich gewohnt, aber als der Vater den Direktionsposten bekommen hatte, waren sie in ein Dorf am Rande der Stadt gezogen, wo die Luft besser sein sollte, wovon der Vater allerdings am wenigstens hatte, da er seitdem noch häufiger auf Geschäftsreise war.

Judith legte ihren Kopf zurück. Wie oft hatte sie die Mutter die Straße hinuntergefahren.

Ich werde Johanna alles erzählen, dachte sie, ich muss ihr alles erzählen.

Die letzten Tage in der Wohnung in München hatte sie nicht mehr aus dem Fenster nach unten sehen können, hatte Angst, es könnte ihr schwindlig werden, es könnte sich in ihrem Kopf etwas drehen, umkippen. Sie hatte nur noch an Johanna gedacht und was sie ihr sagen musste.

Nur noch ein Abend, dachte sie. Ein Abend und eine Nacht.

Morgen, gleich nach dem Frühstück, würde sie ins Krankenhaus fahren.

Alles musste sie Johanna erzählen. Wie sie vor zwei Tagen mit Sobowski in dem Café gesessen war, wo er sich immer mit Johanna getroffen hatte. Wie sie ihn nach einer Zigarette gefragt und er ihr Feuer gegeben hatte. Wie sie gedacht hatte: Das sind die Augen, mit denen er Johanna angeschaut, die Hände, mit denen er sie angefasst hatte. Niemand kannte Johannas Körper besser als er. Judith war vor ihm gesessen und hatte ihn angeschaut und hatte eine seltsame Nähe zu ihm gefühlt, die ihr gleichzeitig unangenehm war. Es war ein Fehler, ihm von Johannas Unfall zu erzählen, dachte sie, und es war doch kein Fehler, es ging doch nicht anders und alles was dann passiert ist, habe ich nicht gewollt oder doch, ich weiß es nicht, wie soll ich es wissen.

Sie sah wieder Sobowski vor sich, spürte seinen Mund, sie kniff die Augen zusammen, um die Erinnerungen zu vertreiben, sie musste doch erst zu Hause ankommen.

Das Haus der Eltern war von der Straße nicht zu sehen. Die Einfahrt, ein dunkler Mund zwischen den Büschen, nahm sie auf, der Kies knirschte unter ihren Füßen, glänzte hell, als sich ihre Augen an das Dunkel hinter der Hecke gewöhnt hatten.

Im oberen Stockwerk, im Zimmer der Mutter war Licht. Das Erdgeschoss lag im Halbdunkel, als sei niemand da. Hinter dem Haus lagen die Felder, und am Horizont stand das dunkle Band der Berge. Judith suchte das Fenster, hinter dem ihr Zimmer gewesen war.

Auf einmal sah sie vor dem Haus den Vater. Unter dem Zimmer der Mutter blickte er in den Garten zur Fichtenhecke hinüber.

Judith blieb stehen, hielt den Atem an, aber er schien sie nicht gesehen zu haben. Er betrachtete seine Weihnachtsfichten, in Kübeln gekaufte Bäume, die die Feiertage im Haus verbringen durften, bevor sie immer an Dreikönig entschmückt ausgepflanzt wurden. Auf in die Freiheit, sagte der Vater dann immer und holte den Spaten aus der Garage, um ein Loch in die gefrorene Erde zu treiben. Da vermutlich aber der Januar die schlechteste Zeit war, um Bäume zu setzen, wuchsen die Fichten nicht, blieben krumm und dünn. Die Mutter wies seine Vorwürfe zurück, sie habe die Bäume über die Feiertage aus sentimentaler Großzügigkeit zu viel gegossen.

Wie auch immer, entschied der Vater, wir können die Bäume nicht bis zum Frühjahr im Haus halten, wie sieht denn das aus.

Aber weil jeder Baum ein Weihnachtsfest bedeutete, die einzigen Tage, an denen der Vater wirklich zu Hause war und das Gefühl, eine Familie zu haben in ihm die größte Zufriedenheit auslöste, hing er mit ungewohnter Melancholie an den krüppligen Bäumen, als seien sie das Einzige, was ihn mit diesem Haus verband.

Vielleicht kann man neu anfangen, dachte Judith, während sie den Vater beobachtete, der ihr vor der Hauswand auf einmal unglaublich klein erschien.

Sie wartete, bis der Vater ins Haus zurückgegangen war, dann erst klingelte sie. Sie hatte gehofft, dass die Mutter öffnen würde, sie wurde enttäuscht. Der Vater stand vor ihr, und Judith versuchte in seinem Gesicht etwas zu entdecken, was sich verändert hatte, entdeckte nichts in den kurzen Augenblicken, bis er zu sprechen begann.

»Schön, dass du kommst«, sagte er, »ich freue mich.«

Es klang, als hätte er sich die Sätze seit langem zurechtgelegt und nicht ausreichend auswendig gelernt. Er ließ Judith nicht an sich vorbei, streckte ihr die Arme entgegen. Sie musste, umschlossen von seinen Armen, hören, wie er atmete. Viel zu fest drückte er ihren Körper, als sei sie ein unbekanntes Tier, das er noch nicht anzufassen gelernt hatte.

Sie bog ihren Kopf nach hinten, konnte ihn nicht ansehen, wagte auch nicht, sich aus seiner Umarmung zu lösen. Dann sah sie, dass in der Küche Licht war.

Die Mutter stand vor dem Fenster neben dem Herd. Sie drehte sich nicht um, als Judith in die Küche trat, bewegte sich nicht, starrte durch ihr eigenes Spiegelbild hinaus auf die Felder. Ganz langsam wendete sie ihren mageren Körper Judith zu, wischte sich die Hände an ihrem Rock ab.

Wie immer, dachte Judith.

Wie oft hatte sie das gesehen. Den gleichen Ablauf von Bewegungen. Dieses Hinausstarren, das langsame Umdrehen, das langsame, endlose Abwischen der Hände, als wollte sie etwas verbergen. Jeden Tag, wenn Judith aus der Schule kam, am Abend, selbst in der Nacht. Als hätte sie nichts anderes zu tun als zu warten, dass jemand kam, als wäre das alles, was sie sich wünschte. Judith starrte die Mutter an, die vor ihr stehen geblieben war, es kam ihr vor, als wäre sie gar nicht fortgewesen, als hätte Johanna keinen Unfall gehabt, als wäre überhaupt nichts passiert und keine Zeit vergangen.

Bilder von damals begannen an ihr vorbeizuziehen, sie sah sich hier als Kind am Tisch sitzen, vor wie viel Jahren, im Auto neben Johanna in Portugal, auf einem Feldweg, Heuschrecken zwischen den Händen, die sie zwischen den Disteln gefangen hatten und in all diesen Bildern war Johanna, als Kind, als Mädchen, in ihrem Krankenhausbett.

Was ist wichtig, dachte Judith.

Wie wir am Meer gelebt haben. Wie nah das Meer war, gleich hinter den Ginsterbüschen, hinter dem Sirren der Heuschrecken, die blau aus dem Brombeergestrüpp aufflogen. Die lehmige Erde, der Pfad zu den Klippen, das Kindermädchen, die Katzen, die im Gras lagen, das Bellen der Hunde, nachts.

Judith hörte, wie der Vater zu sprechen begonnen hatte und versuchte, ihm zuzuhören. Er fragte, wie lang sie jetzt unterwegs gewesen sei und sagte auf ihre Antwort: So lange, doch so lang.

Judith löste ihren Blick von der Mutter, setzte sich an den Tisch.

»Wie geht es ihr«, fragte Judith, »kann ich etwas für sie mitnehmen?« Judith sah wieder zum Fenster, die Mutter hatte sich auf die Ablage gestützt.

»Wir haben ihr schon alles gebracht«, sagte der Vater.

»Ob sie schon sprechen könne«, fragte Judith.

»Wenig«, sagte er, »wir sind schon froh, dass sie hierher geflogen werden konnte.«

»Wisst ihr schon, wann sie entlassen wird?«

»Was denkst du nur.« Der Vater schüttelte den Kopf.

Was denke ich, dachte Judith.

Wenn du wenig sprichst, dachte Judith, erzähle ich dir. Wie wir nicht einschlafen konnten, wenn es zu heiß war. Ich erzähle dir, wie wir nicht einschlafen konnten und ins Schlafzimmer zur Mutter gelaufen sind. Siehst du, es ist zu heiß, du kannst nicht schlafen, wir können nicht schlafen. Wie wir im Bett gesprochen haben; im Meer können wir unsere Hände kühlen, wenn wir aufstehen, die erhitzten, schläfrigen Körper, wir dürfen das nicht, versucht zu schlafen, das Fenster steht offen, der Mond geht auf und singt euch ein Lied, der Mond kann nicht singen und mittags schon gar nicht, komm mit, niemand merkt was in der Hitze, vielleicht ist da das Schiff des spanischen Königs, das nimmt uns mit.

Auf einmal sah Judith wieder Sobowski vor sich, sie schloss die Augen.

»Wie ist es passiert«, fragte sie, um nicht an ihn denken zu müssen und blickte zur Mutter hinüber, die plötzlich wie ein wartendes Kind aussah. Als wäre alles neu für sie, dachte Judith. Ein Stück, das sie zum ersten Mal sieht, dem sie kaum folgen kann. Als hätte sie etwas Ungeheures gesehen und wundere sich, davon nicht blind geworden zu sein.

»Ich habe sie nur an ihrem Mund erkannt«, sagte die Mutter, »ich war so glücklich, dass ihr Mund noch so schön war wie früher.«

Judith stand auf. Wie früher, dachte sie, warum erzählt sie das, warum kann sie auf nichts antworten.

»Es interessiert mich nicht, was du fühlst«, schrie Judith, »ich will wissen, was passiert ist. Die Einzelheiten. Wie es kommen konnte. Ihr müsst doch mehr wissen, als ihr erzählt habt.«

»Der Wagen hat die Leitplanke durchbrochen«, sagte der Vater.

»Das weiß ich.«

»Wir wissen auch nicht alles«, sagte die Mutter, stand plötzlich neben dem Vater und umfasste seinen Arm. Judith blickte die beiden fassungslos an, konnte sich nicht erinnern, sie jemals so nah nebeneinander stehen gesehen zu haben.

»Wer war der Mann?«, fragte der Vater.

»Welcher Mann?«

»Dem der Wagen gehörte, mit dem sie gefahren sind. Der Mann, der jetzt tot ist. Er saß auf dem Beifahrersitz. Johanna hat gelenkt, es war Nebel auf der Küstenautobahn vor Marseille, vielleicht ist sie eingeschlafen. Sie sind durch die Leitplanken gegen einen Brückenpfeiler gefahren, der Mann war sofort tot. Ich möchte wissen, wer das war.«

Warum interessiert ihn dieser Mann, dachte Judith.

»Ich kenne ihn nicht«, sagte sie, »ein Freund von ihr, nicht ihr Freund, irgendeiner.«

»Irgendeiner«, sagte der Vater, »was heißt irgendeiner.«

»Irgendein Freund eben.«

»Man fährt doch nicht mit irgendeinem Freund ans Meer.«

»Johanna schon«, sagte Judith, die Mutter schüttelte den Kopf und drehte sich zur Spüle.

Judith stand auf, lief aus der Küche, und weil sie nicht wusste, wohin sie laufen wollte, blieb sie vor der Terrassentür stehen, blickte in den Garten hinaus.

»Sie muss doch was essen«, hörte sie den Vater in der Küche und sah in der Scheibe ihr gespiegeltes Gesicht.

»Weißt du noch«, sagte sie leise, »wie ich weglaufen wollte. Am letzten Tag, vor dem Umzug hierher. Weil ich die Katzen nicht allein lassen wollte. Ich wollte mich verstecken. Niemand hat etwas gemerkt. Selbst die Katzen nicht. Ich bin zwischen den Sträuchern durch auf den Weg, ich bin gelaufen, so lange, bis ich das Meer gesehen habe, und als ich stehen blieb, dachte ich zum ersten Mal, dass es verboten ist, alleine das Meer anzusehen. Aber meine Angst war nicht stark genug. Ich bin durch das dürre Gras weiter gelaufen als je zuvor, und erst als ich das merkte, bin ich stehen geblieben. Ich konnte nicht mehr weitergehen, aber nicht, weil ich Angst gehabt hätte, ich begriff plötzlich, dass du nicht bei mir warst.

Als ob etwas Unheimliches aus dem Meer die Klippen heraufgekrochen käme, wie ein schlechtes Gewissen, schlimmer, aus dem gleichmäßigen Schlagen der Brandung sich mit Fingern an der Felskante hochzöge, auf der ich stand, mit einem Kopf, den ich gleich würde sehen können. Ich begann zu laufen und hoffte, davonlaufen zu können, und wusste, dass es mir nicht gelingen würde, weil ich mich mit jedem Schritt weiter von dir entfernte. Es tut mir Leid, dachte ich nur noch, und dann konnte ich nicht mehr denken, bis ihr mich gefunden habt.«

Es war wie jetzt, dachte Judith und hörte, dass der Vater hinter ihr stand.

Sie gaben Judith das Gästezimmer.

»Es ist einfacher«, sagte die Mutter, »in deinem Zimmer steht das ganze alte Zeug.«

Judith öffnete das Fenster, streckte den Kopf in die nasskalte Luft, die nach Erde roch. Vor der Stadt stand über dem Flughafen der Dunst der Scheinwerfer.

Als Judith sich umdrehte, war die Mutter fort. Judith lief zurück zur Tür, sah am Ende des Ganges die Kinderzimmer.

Sie überlegte, ob sie hinübergehen sollte, aber die Mutter stand noch im Gang, sah Judith an, als wollte sie noch etwas sagen. Von der Halle unten wurden sie vom Vater beobachtet. Langsam ging sie ins Badezimmer, stand vor dem Spiegel, blickte in ihr Gesicht. Dann drehte sie die Wasserhähne der Badewanne auf, das Wasser lief über den Wannenboden zum Ausfluss, verschwand. Erst als sie sicher war, dass der Vater und die Mutter nicht mehr im Gang standen, öffnete sie leise die Tür, holte ihre Tasche und lief zu den Kinderzimmern.

Ohne Licht zu machen, drückte sie die Tür hinter sich zu, atmete den Geruch des Zimmers, der gleich geblieben war, den Kinderabendgeruch, den Puppengeruch, wenn Gott will, den Schwesterngeruch, den Geruch des Öls, mit denen die Mutter ihnen die Beine einrieb, den Geruch von Holzlack im tiefen Schrank. Sie drückte ihren Kopf in den Geruch der Bettdecke, wirst du wieder geweckt, zog die Bettdecke über dem Kopf, wenn Gott will, drückte die kalten Füße der Schwester an die eigenen Füße, ich bin bei dir, ich wärme dich, die Fußsohlen, die Zehen dazwischen, die Knie, an den Händen gefasst, ganz nah die offenen Münder, die Zungen in der nassen weichen Haut, bis alles sich verliert, eins wird, stillsteht. Langsam legte sich Judith ins Bett. Um nichts zu stören, zog sie sich nicht aus, horchte mit offenen Augen, ob sie etwas hören konnte.

Verbrennungen ja, Knochenbrüche. Überall Verbände. Aber die Mutter hatte nicht gesagt, dass sie Johanna nicht anfassen dürfe, nicht einmal das Bett. Die Krankenschwester nahm Judith mit in den Umkleideraum, wo sie sich umziehen musste. Als Judith fragte, wann Johanna entlassen würde, hatte sie nur immer wieder gesagt, dass sie nichts wüssten. Niemand wüsste etwas. Auch die Ärzte nicht.

»Es wird alles heilen.« Die Krankenschwester knotete ihr am Hals den Kittel zu. »Erschrecken Sie nicht. Wichtig ist, dass sie lebt.«

Die Mutter hatte gesagt, sie hätten Johanna acht Stunden operiert. Ein ganzer Tag, dachte Judith, wann hat Johanna dann etwas gegessen.

»Sprechen Sie mit ihr«, sagte die Schwester. »Auch wenn sie nicht antwortet, hören Sie nicht auf zu sprechen, erzählen Sie ihr etwas, es ist wichtig, dass sie Ihre Stimme hört.«

Hinter dem Bett fiel das Licht in dünnen scharfen Streifen durch die Jalousie. Die Geräte standen im Halbkreis um das Bett, die Schläuche und Kabel spannten ein Netz, in dessen Mitte lag Johannas Körper, kaum zu sehen unter Laken, unerreichbar. Die Schwester zeigte, wo Judith zwischen den Geräten zum Bett gelangen konnte.

Judith wagte nicht zu atmen, als sie dazwischen stand, spürte ihr Herz schlagen, sah die Kurven über die Geräte huschen, langsam gezeichnete Linien, Gebirge, schroff und vergänglich mit dem nächsten Atemzug.

»Johanna«, sagte Judith und beugte sich vor.

»Sag was«, sagte Judith, als sie auf das unter Verbänden verschwundene Gesicht blickte, sah, wie sich zwischen den Verbänden die Haut zusammenzog.

»Sag was«, flüsterte Judith und beobachtete die leicht geöffneten Lippen, die wie Johannas Lippen geschwungen waren.

»Du musst nicht sprechen«, sagte Judith und richtete sich wieder auf. Die Fenster ließen kein Geräusch durch, es war fast still; nur von der Tür kam das Summen der Klimaanlage. Judith blickte sich nach einem Stuhl um. Am Fenster stand einer, aber er war zu breit, um ihn zwischen die Geräte an das Bett zu ziehen. Es erschien ihr plötzlich alles in diesem Zimmer zu groß, das Zimmer selber, die Fenster, zu groß für Johannas schmalen Körper.

Ich werde dir alles erzählen, dachte Judith dann, aber sie wusste nicht, wo sie beginnen sollte, und blieb stehen. Wenn sie schläft, kann sie mich nicht hören. Ich muss warten, über etwas sprechen, was nicht wichtig ist.

Zum Beispiel wie es war, neben der Mutter im Auto, auf dem Weg in die Stadt, dass der Vater mich am Morgen nicht angesehen hat. Stell dir das vor. Nur weil ich ihm nicht sagen konnte, wer das war, mit dem du gefahren bist.

»Ich habe Anton nichts von deinem Unfall erzählt«, sagte sie leise, »er muss nicht alles wissen. Er mischt sich in alles ein. Ich wollte, dass es ein Geheimnis zwischen uns bleibt, ich wollte es für mich behalten.«

Judith blickte sich um, aber sie war mit den Geräten und dem Bett und dem Körper von Johanna auf dem Bett allein.

»Ich hatte keine Lust, es ihm zu sagen«, flüsterte Judith, »ich hatte Angst, dass du nicht gesund wirst, wenn er es weiß. Ich wollte nicht mit ihm hierher fahren. Ich hätte nicht mehr in Gedanken bei dir sein können, ganz bei dir, verstehst du?«

Judith tastete sich langsam an den Geräten vorbei, ließ sich an der Wand auf den Stuhl fallen und saß ganz still, ohne das Bett und Johanna hinter den Kästen zu sehen.

Das Gesicht einer Krankenschwester erschien wie abgeschnitten im Türspalt und fragte, ob sie etwas brauche. Judith schüttelte den Kopf. Dass sie einfach reden, Johanna etwas erzählen solle, fiel ihr wieder ein.

»Mit Henrik ist Schluss«, sagte Judith und blieb einige Augenblicke still, während sie zu Johanna hinübersah, ob sie sich bewegte. Seit Tagen habe sie ihn nicht gesehen. Sonst käme er immer, fast jeden Tag, wenn sie schon schlafe. Jedes Mal überlege sie, ob sie aufmachen solle.

»Ich habe ihm gesagt, er soll vorher anrufen, aber er ruft nicht an. Er ist einfach da, und ich kann ihn nicht wegschicken, ich öffne die Tür, weil es mir zu kalt ist, um zu warten, bis er oben ist. Ich lege mich ins Bett, ich warte, und er legt sich zu mir, seine Augen leuchten, ich sage, ruf doch an, ich warte den ganzen Tag auf deinen Anruf.«

Er habe keine Zeit zum Telefonieren, er müsse arbeiten, sagt er, in den Schuppen, draußen hinter dem Depot, wo er wohnt, von dort läuft er in den U-Bahn-Tunnel, weil er nicht oben gehen will, weil er den Lärm nicht erträgt, die Plakate, die Stadt überhaupt, zu viele Zeichen, zu viel was ihn ablenkt, von den Dingen, die wichtig sind.

Ich sage, du bist mir wichtig, hör auf damit, ich habe Angst, dass es dich irgendwann erwischt.

Judith stand auf, lehnte sich nach vorne, setzte sich wieder, als sie sah, dass Johanna noch immer schlief.

»Du hast ihn nicht richtig gekannt. Selbst ich wusste nie, woran ich bei ihm war, was er wollte. Ich sage: Ich mag dich, oder: Ich liebe dich, das ist schwer genug, so was zu sagen, aber er, er sagt nichts, ganz einfach nichts, und fasst meine Arme fester, als sei das eine Antwort.«

Als ich bei ihm war, draußen in seinem Schuppen, hat er mir eine Flasche mit Gift gezeigt. Man muss frei sein, hat er gesagt. Diese verfluchten Künstler. Warum müssen sie alle was Besonderes sein. Sogar Anton meint, dass Henrik spinnt, aber er spinnt nicht. Irgendwie liebe ich ihn, wenn das Liebe ist, aber ich glaube, er kennt das Wort gar nicht, er legt sich zu mir und küsst mich, und ich weiß gar nicht, warum ich mich umdrehe und küssen lasse, ich komm bald zu dir, sage ich, in deinen Schuppen, ich ziehe zu dir und wir heiraten, und weißt du was: Er lacht nicht einmal, es interessiert ihn überhaupt nicht. Ich werde es tun, sage ich, ich werde mit meinen Sachen zu deinen Schuppen fahren und einziehen. Nein, sagt er, das wirst du nicht tun. Wenn es nur nicht so kalt wäre, denke ich, wäre ich schon längst zu ihm gezogen, aber es kommt nicht einmal Post dorthin. Wie kannst du so leben, frage ich dann, warum arbeitest du nicht, oder verkaufst eine Skulptur, da schaut er mich an, küsst mich und lacht, sag mir, was soll man mit solchen Männern tun.

Sie sah Henriks Augen, sah ihn im Bett neben sich liegen. Als er das letzte Mal bei ihr war. Einen Tag, nachdem sie von Johannas Unfall erfahren hatte. Sie wusste nicht, was sie sagen oder tun durfte, ob sie sich berühren lassen sollte. Sie hatte Angst, bei seinen Berührungen nicht an Johanna zu denken.

»Merkst du was«, hatte Judith gefragt, als Henrik vorsichtig über ihr Haar und ihr Gesicht strich.

»Merkst du nichts?«, fragte sie, er antwortete nicht, drückte langsam ihre Beine auseinander.

»Warte«, sagte sie.

»Worauf?«, fragte er.

»Merkst du nichts?«, fragte sie, »überhaupt nichts?«

»Du hast geschwollene Augen«, sagte er.

»Johanna hat einen Unfall gehabt.«

»Schlimm?«, fragte Henrik, ohne seine Hand wegzunehmen.

Judith schwieg, immer wieder berührte er sie, immer wieder schob sie seine Hand weg.

»Es wird schon nicht so schlimm sein«, sagte Henrik, »komm«, sagte er, »beruhige dich.«

Judith lag auf dem Rücken, ganz still, als seine Hände ihr Nachthemd nach oben schoben. Seine Augen waren zwei leuchtende Punkte, die näher kamen. Sie stützte sich auf ihre Arme, sie sah im Spiegel auf der anderen Seite des Zimmers die verschwommenen Umrisse seines Körpers, sie versuchte nichts zu spüren, als er seinen Körper auf sie herunterließ.

Dann schlief er ein. Draußen am Fenster hörte sie Tauben mit ihren Krallen über das Metallbrett kratzen, aus einem vorbeifahrenden Auto das lärmende Schlagzeug des Radios.

Sie hörte Henriks Atem, drehte sich vorsichtig von ihm weg, um ihn nicht zu wecken, um nichts sagen zu müssen, keiner neuerlichen Berührung ausgesetzt zu sein. Sie zog die Decke von ihrem Körper, ließ sie auf den Boden fallen. Die Kälte legte sich auf sie, die Haut spannte sich. Judith spürte erleichtert, dass sie fror. Sie hielt die Luft an, lange Sekunden, atmete dann doch weiter. Sie fühlte die Flüssigkeit unten aus ihrem Körper kriechen, klebrig an ihrer kalten Haut.

Sie bewegte sich nicht, als Henrik aufstand, sich anzog. Sie spürte seinen Blick über ihren Körper gleiten, öffnete die Augen kurz, als er sich bückte, um seine Schuhe zu binden, erkannte weder Gesicht noch Hände, als wäre da nichts von ihm, nichts, was sie kannte.

Erst als er die Tür hinter sich geschlossen hatte, sie seine Schritte im Treppenhaus nicht mehr hörte, die Haustür unten ins Schloss fiel, knipste sie das Licht an. Sie riss den Bademantel vom Haken an der Tür, sah hinaus in den Gang vor ihrem Zimmer, lief mit schnellen Schritten zur Tür und drückte sich von innen, so fest sie nur konnte, gegen sie.

Judith schob mit einer Hand am Fenster die Lamellen der Jalousie auseinander. Unten lag die Stadt ausgestreckt, bewegungslose Dächer in der flirrenden Hitze des Mittags.

»Sie müssen gehen«, hörte sie plötzlich die Stimme der Krankenschwester hinter sich und ihr fiel ein, dass sie das Wichtigste vergessen hatte, dass sie gar nicht mehr daran gedacht hatte, was sie Johanna erzählen musste.

»Eine halbe Stunde«, bat Judith.

»Morgen«, sagte die Schwester, »kommen Sie morgen wieder.«

Und Judith wehrte sich nicht, froh vielleicht auch, gehen zu müssen, obwohl sie wusste, dass jede Stunde, die sie bis morgen verbrächte, ohne mit Johanna geredet zu haben, sie mehr quälen würde.

Als sie draußen stand, wusste sie nicht, wo sie hingehen sollte. Sie lief durch die Straßen, blieb stehen, lief weiter. Die Häuser standen in engen Reihen hinunter zum See.

Die Stromabnehmer der Busse federten an den Oberleitungen, wenn sie anhielten und surrend wieder abfuhren. Judith sah zwischen den Häusern das schimmernde Blau, den See, der sein Wasser unter der großen Brücke in den Fluss goss. Das Wasser schäumte an den Stauwehren. Judith war müde, aber sie wollte nicht nach Haus. Sie hielt sich am Brückengeländer fest, die Sonne im Nacken.

Als sie ins Haus trat, stand der Vater an der Terrassentür und sah hinaus.

»Hat sie etwas gesagt?«, fragte er.

»Nein«, sagte Judith, »sie hat nur die Lippen bewegt.«

»Wo bist du noch gewesen?«

»Nirgendwo«, sagte Judith ohne eigentlich antworten zu wollen, »in der Stadt.«

Es brannte kein Licht in der Halle.

»Sie sieht schrecklich aus«, sagte der Vater und drückte die Haustür zu, »ich habe sie kaum erkannt.«

»Am Mund«, rief die Mutter aus der Küche, »am Mund erkennst du sie.«

»Ja doch«, antwortete der Vater unwillig, »ich meine, der ganze Körper.«

»Ich habe nicht hingesehen«, sagte Judith.

»Frauen können das«, sagte der Vater, drehte sich plötzlich um, nahm seinen Mantel und ging ohne ein weiteres Wort.

Judith horchte auf das Geräusch des knirschenden Kies, als er den Wagen vor dem Haus wendete. Sie sah vor sich, was sie in Wirklichkeit nur hörte: das Garagentor, den Wagen, der rückwärts auf den Vorplatz rollte. Sie hatte sich nicht getäuscht: Selbst die Geräusche waren dieselben geblieben. Sie presste die Hände gegen ihre Ohren, hörte nur noch das ferne Rauschen in ihrem Kopf, stand ganz ruhig, bis sie sicher sein konnte, nichts mehr von ihm zu hören.

Dann merkte sie, dass die Mutter vor ihr stand.

»Du darfst es ihm nicht übel nehmen«, sagte die Mutter, »er kann seine Gefühle nicht zeigen.«

Die Mutter sprach langsam, so langsam, wie sie die Oberkörper der Mädchen mit Hustensalbe eingerieben hatte.

»Nimm es ihm nicht übel. Er bemüht sich wirklich. Wir bekamen den Anruf, Johanna liegt in Marseille im Krankenhaus, wir wussten ja nicht einmal, dass Johanna weggefahren war. Er hat sich Urlaub genommen. Er hat zwei Geschäftsreisen abgesagt. Das hat er noch nie getan. Nicht einmal, als ihr geboren wurdet. Wir sind zu Johanna losgefahren, die halbe Nacht. Auf der Fahrt hat er kein Wort gesagt.«

Die Mutter schüttelte den Kopf.

»Er war immer stolz auf sie. Weil sie vor nichts Angst hatte. Weil sie ihm so ähnlich war. Nie irgendwo bleiben konnte. Wir wussten nicht, wie ernst es war. Noch in der Nacht sind wir ins Krankenhaus. Er ist zusammengebrochen, als wir hineingegangen sind. Gleich am Eingang. Es war der Geruch. Er ist empfindlich, viel empfindlicher als wir. Ich habe ihn nie so bleich gesehen.

Am Morgen haben wir uns ein Hotel genommen, in einem kleinen Ort an der Küste, eine Viertelstunde Fahrt zum Krankenhaus. Wir konnten auf den Hafen blicken. Wie von unserer ersten Wohnung in Portugal. Wir haben zum ersten Mal seit Jahren wieder in einem Bett geschlafen. Kannst du dir das vorstellen? Und ich konnte nicht einschlafen. Diesen Mann, der mir schon ganz fremd war, neben mir zu haben, das hat mich ganz unruhig gemacht. Morgens sind wir ins Krankenhaus, am Nachmittag auch noch einmal. Johanna war bewusstlos. Er stand neben mir, eine halbe Stunde, ganze Stunde, geduldig, wie ich es von ihm nie gekannt hatte. Und ich habe auf Johanna gestarrt. Sie lag da, so fern, als sei sie schon fort.

Zwischendurch sind wir spazieren gegangen. Er hat sich bei mir eingehängt. Ich durfte seine Hand nehmen, er hat sie ganz nervös gedrückt. Er hat ohne mich keinen Schritt mehr gemacht. Wir wussten ja nicht, wie lang es dauern würde. Sie lebte, aber es war nicht sicher, ob sie überleben würde. Es war so schlimm: Wir sind am Meer gesessen, die Sonne ging unter, wir haben uns umgezogen, abends in einem Restaurant haben wir Fisch gegessen, wir haben gegessen und uns angesehen.«

Und Johanna, dachte Judith verzweifelt, konnte aber nichts sagen, weil sie alles plötzlich so nah vor sich sah: Ein Film auf einer Leinwand, die gleich über ihr zusammenschlug, wenn sie sich nicht von den Bildern in den Film hineinziehen, aufsaugen ließ. So nah dies alles auch war, es löste kein Gefühl in ihr aus, keinen Gedanken, außer dem, dass sie es nicht sehen wollte, weil es nichts, überhaupt nichts mit ihr zu tun hatte.

»Das ist doch furchtbar«, sagte Judith, »dass es dazu einen Unfall brauchte.«

Und während sie sich umdrehte, merkte sie, dass sie nicht bleiben konnte. Hier war kein Platz für sie.

»Ich werde morgen wieder nach München fahren«, sagte sie, ohne an Johanna zu denken.

»Du darfst nicht weglaufen«, sagte die Mutter, »mach nicht den gleichen Fehler wie ich.«

Oh Gott, dachte Judith und setzte sich langsam auf einen Stuhl, weil sie wusste, welche Geschichte die Mutter erzählen würde.

»Meine Krankheit damals, die Depressionen waren nichts als ein Weglaufen. Die Schlaflosigkeit, ich war so nervös. Ich habe es nicht mehr ausgehalten.«

Welcher Therapeut, dachte Judith, hat ihr nur das wieder gesagt.

Sie wollte es nicht noch einmal hören, was sie selber erlebt hatte, wünschte sich sogar, dass der Vater zurückkam, weil das die Mutter zum Schweigen gebracht hätte.

Aber die Mutter redete weiter:

»Etwas so Schreckliches. Die Tür geht auf, du trittst in eine andere Welt. Niemand kann dir folgen. Alles, was nicht wichtig ist, bleibt zurück.«

Was ist wichtig, dachte Judith verzweifelt, warum sieht sie nur sich.

Einen Augenblick lang spürte sie den Wunsch, ihr von Sobowski zu erzählen, ihr zu zeigen, dass sie nicht allein war. Erzählen, endlich sprechen über das, was sie mit Sobowski getan hatte, was zwischen ihr und Johanna stand, was sie fühlte, alles.

Dann hörten sie draußen das Auto des Vaters auf dem Kies, der zum Abendessen zurückkam, die Mutter beugte sich zu Judith vor:

»Wenn du wegen ihm nicht hier bleiben willst.« Sie habe noch Geld, flüsterte sie, sie zahle Judith ein Zimmer, wenn sie in Zürich bliebe. Oder ein Hotel in der Stadt, in dem sie sich treffen könnten, ohne dass es der Vater wüsste.

»Bitte«, sagte die Mutter.

Sie sahen durch das Küchenfenster den Vater auf das Haus zukommen.

»Sag ihm nichts«, flüsterte die Mutter, »wir verabreden ein Zeichen, damit du ihm nicht begegnen musst.«

Der Vater zog draußen seine Schuhe aus, gleich würde er hereinkommen und sie konnte nicht mehr sagen, dass sie mit ihr keine Zeichen verabreden wollte. Sie hatte es satt. Immer wieder hatte die Mutter das getan. Nie gesagt, was sie wollte, keine Entscheidungen getroffen. Es gab immer nur Zeichen, kleine Winke, Blicke, die nur dem einen galten. Und dem anderen nicht.

Am schlimmsten war es im Sommer, wenn ihre Schwiegermutter kam, sechs Wochen auf ihrer Terrasse verbrachte, jedes Jahr. Ich hole die Krähe ab, sagte der Vater. Das Wort Krähe war das Zeichen, dass der Garten nicht mehr den Kindern gehörte. Wenn sie eine Krähe ist, verstehe ich nicht, warum du sie jedes Jahr einlädst, sagte die Mutter, aber bevor sie zu Ende gesprochen hatte, schlug der Vater schon die Haustür hinter sich zu.

Sie braucht Ruhe, sagte der Vater, wenn die Krähe dann auf der Terrasse saß, ihr könnt doch einmal zwei Stunden in eure Zimmer gehen.

In den letzten Jahren verließ die Großmutter nicht mehr ihren Stuhl, stand nur auf, um sich am Küchentisch von der Mutter füttern zu lassen. Die Kinder warteten auf das Zeichen aufstehen zu dürfen. Sie warteten auf das Zeichen in den Garten gehen zu dürfen, wenn die Großmutter in ihrem Korbstuhl eingeschlafen war. Die Mutter gab ihnen vom Fenster ein Zeichen: Der Vater kommt, geht in euer Zimmer, die Großmutter wacht gleich auf.

Die Mutter hätte nie zugelassen, dass sie der Großmutter näher kamen. Nur beim Essen saßen sie zusammen am Tisch und hörten, wie sie von ihrer Flucht erzählte. Ihr habt es ja gut, sagte sie langsam, was ihre Stimme noch älter machte. Von Stadt zu Stadt seien sie gezogen, ohne zu wissen wohin. Immer weiter, immer weiter, sagte sie und richtete ihren Blick über die Fichtenhecke in den Himmel.

Judith sah einen Zug mit Pferden und Planwagen auf einer engen Alleestraße im Regen. Die Kinder saßen auf dem Kutschbock, die Väter gingen neben den Wagen und ließen die Kinder nicht aus den Augen. Die Großmutter blickte sie anklagend an und sagte: Ihr könnt es euch nicht vorstellen, aber Judith konnte es sich vorstellen, ganz deutlich sogar: den Staub und die Kälte und das Hufgetrappel auf dem Kopfsteinpflaster. Etwas brachte Judith dazu, der Großmutter immer wieder zuzuhören. Nicht die Planwagen und die Kinder und Väter. Sondern vielleicht, dass sie nicht müde wurde, die Geschichte immer wieder zu erzählen. Weil sie etwas hatte, was ihr niemand nehmen konnte, und dass sie sich daran festhielt, darum beneidete Judith sie und darum hörte sie immer wieder zu, während in der Küche die Eltern stritten, warum sie jedes Jahr kommen musste und der Vater nichts dagegen tat.

Als sie hörte, dass der Vater im Badezimmer war, lief Judith nach draußen, die Straße in das Dorf hinab. Es hatte geregnet und wieder aufgehört. Sie hatte es im Haus gar nicht bemerkt. Als sie die ersten Häuser erreichte, ging sie langsamer, blieb an der Kirche stehen. Sie konnte sich nicht erinnern, die Kirche je betreten zu haben, aber sie wusste jetzt nichts anders zu tun, als zwischen den trockenen Buchsbäumchen am Portal zu rütteln, doch es war verschlossen.

Das Dorf war nie etwas anderes gewesen als der wöchentliche Markt und die großen Supermärkte an der Straße Richtung Stadt. Das Dorf war die Bushaltestelle, an der Judith und Johanna auf den Bus zur Schule warteten, und ein Café, in dem man noch eine halbe Stunde nach dem Marktbesuch saß.

Judith ging langsam an den Schaufenstern der Geschäfte vorbei, betrachtete die Auslagen, stellte fest, dass sich nichts verändert hatte. Im Café an der Hauptstraße sah sie im funkelnden Licht der Spielautomaten die leeren Stühle und an der Bar einen Mann und dahinter einen Jungen, dessen Gesicht ihr bekannt vorkam. Aber als sie begannen die Stühle hochzustellen, ging Judith weiter. Alles was sie hier kannte, war nur die Haut der Steine. Nichts kannte sie, was dahinter und in ihnen war, nichts wozu sie gehörte, was sie festhielt.

Sie lief aus dem Dorf die Straße entlang in die Felder und hoffte, dass sie schon stundenlang gelaufen wäre, dass alle schliefen, wenn sie zurückkam.

Sie wollte nicht in Zürich bleiben. Aber war es nicht gleichgültig, wo sie wohnte? Sie entschloss sich, den Vorschlag der Mutter anzunehmen, stellte sich dann aber vor, wie die Mutter jeden Tag vor ihrer Tür stünde, wie sie nie allein sein durfte, schon aus Dankbarkeit nicht, verwarf ihren Entschluss.

Sie konnte die hellen kiesgefüllten Radspuren zwischen dem aufgeweichten Lehm eines Feldwegs sehen, auf den es aus den Bäumen regnete.

Wenn sie von der Mutter Geld nahm, musste sie ihr verheimlichen, wo sie wohnte. Vielleicht ließ sich die Mutter darauf ein. Aber dann war ihr klar, warum sie das Geld der Mutter nicht wollte. Es war etwas, das sie, aber nicht Johanna bekam. Es war ungerecht. Es trennte sie. Es stand zwischen Johanna und ihr.

Sie lief den Weg zwischen dunklen Wiesen hindurch. Hinter den leise sirrenden Elektrozäunen lagen die langen schwarzen Leiber der Kühe, die sie beneidete, weil sie dort bewegungslos liegen durften, nirgendwo hin mussten.

Eine der Kühe begann sich aufzurichten, drückte sich mit den Vorderläufen hoch, schüttelte sich und trottete quer über die Weide, zwischen den anderen hindurch, die sie nicht beachteten.

Und plötzlich stieg in ihr die Sehnsucht auf, bei Johanna zu sein. Jeder Augenblick ohne sie erschien ihr vergeudet.

Schnell lief Judith an den Zäunen entlang zurück zum Haus.

Als sie die Fenster ohne Licht sah, war sie froh, weil die Eltern schon schliefen. Aber sie ging trotzdem neben dem Kiesweg im nassen Gras, als würde sie dem nicht trauen, horchte vor der Haustür mit angehaltenem Atem, bevor sie die Klinke drückte.

Als sie am nächsten Morgen vor Johannas Bett stand, dachte sie nur:

»Wie soll ich es dir sagen. Wenn du nur die Augen öffnest. Wenn du mir antworten könntest.«

Sie versuchte sich zu konzentrieren, überlegte, wie sie anfangen, was sie sagen, was sie verschweigen sollte.

»Letzte Nacht habe ich gemerkt, wie sehr ich dich brauche. Ich hatte Angst, du wärst nicht mehr da«, sagte sie.

Die Ziffern auf den Geräten vibrierten. Judith musste blinzeln, um sie von dieser Seite des Bettes im Gegenlicht zu erkennen. Sie wechselten in schneller Folge, bei jedem Atemzug und wenn sie 100 überstiegen, blinkte eine rote Lichterreihe auf, die lange nicht erlosch, manchmal stehen blieb, bis Judith Angst bekam, jemanden rufen wollte.

Ich muss es ihr sagen, dachte sie, sonst ist es zu spät.

Sie hatte wieder die Stimme des Vaters im Ohr, als er angerufen hatte: Johanna ist verunglückt. Sie ist in Marseille. Wir wissen nichts, wir fahren hin. Bleib wo du bist. Wir rufen wieder an.

Stundenlang war sie vor dem Telefon gesessen, hatte sich nicht bewegt.

»Ich habe immer nur dich vor mir gesehen«, begann Judith, »an Sobowski habe ich erst nach ein paar Tagen gedacht. Ich wusste ja nicht, wie wichtig er für dich ist. Du hast so wenig erzählt.«

Judith beugte sich vor, um zu sehen, ob Johanna auf Sobowskis Namen reagierte.

»Sobowski. Verstehst du mich?«

Aber sie konnte nichts erkennen.

»Ich konnte mich auf einmal nicht mehr an dein Gesicht erinnern. So oft hatte ich an dich gedacht, dass es mir entglitten war. Fotos von dir habe ich hervorgeholt, aber das warst nicht du, wie du jetzt bist. Ich musste jemanden sprechen, der dir nah war, ich habe Sobowski angerufen, ich konnte nicht anders. Ich muss Sie sprechen, habe ich gesagt.

Wir haben uns in dem Café getroffen, wo du ihn kennen gelernt hast. Von draußen habe ich ihn beobachtet, aber als ich am Tisch vor ihm saß, habe ich nicht mehr gewagt, ihn anzusehen. Ich habe ihm erzählt, was ich wusste und ich habe gedacht, er steht auf, um mit mir nach Marseille zu dir zu fahren. Aber er hat gar nichts gesagt. Er hat an mir vorbeigeblickt und geschwiegen. Und ich wollte aufstehen und gehen, aber ich konnte nicht. Du warst zwischen uns und ich hatte Angst, dich wieder zu verlieren.

Ich bin mit zu ihm gegangen, ich weiß nicht warum. Und während wir die Straße entlanggingen, dachte ich, du bist es, die neben ihm geht. Im Wohnzimmer lagen noch Zigaretten von dir und ich habe eine genommen, ohne zu fragen, und ich habe die offene Tür des Schlafzimmers gesehen und habe so schnell geredet wie du und geraucht und mich erinnert, wie du die Zigaretten ausdrückst. Ich habe vergessen, dass ich nur deine Schwester bin. Ich habe mich auf sein Bett gelegt und habe auf seine Hände gewartet.«

Judith konnte nicht weitersprechen, blickte auf die Ziffern der Geräte, ob sie sich verändert hatten.

»Ich war so glücklich, als hätte ich das erste Mal richtig einen Mann gehabt, ich habe dich beneidet, als er später neben mir lag, ich war erlöst, ich war wie du.«

In der Nacht noch war sie zum Bahnhof gelaufen, aber es fuhr kein Zug mehr, und sie stand mit verschränkten Armen und schaute zu, wie die Gleise sich streckten und die Bahnsteige nach hinten flohen, zu den roten Lichtern draußen.

»Als ich da stand, fiel mir wieder ein, dass Sobowski gesagt hatte, ich sei wie du. Und plötzlich dachte ich: Ich habe dich betrogen. Mir wurde klar, dass ich dich in Wirklichkeit verraten hatte. Ich war so verloren. Ich wollte nur noch zu dir.«

Sie blickte auf Johannas Körper, der sich nicht bewegte.

Sie beugte sich vor, zog das Laken mit den Fingern zurück, um Johannas Hand an den Schläuchen zu sehen.

»Sag was«, flüsterte Judith, »bitte.«

Aber sie hörte nichts und drehte sich um, ob sie noch immer allein war. Dann strich sie vorsichtig mit zwei Fingern an der Außenseite von Johannas Hand entlang, erkannte, dass es nicht genügt hatte, ihr alles zu erzählen. Johanna musste antworten, musste es ihr verzeihen. Judith spürte Tränen hochsteigen, wollte jetzt nichts anderes, als fort sein.

»Ich fahre zurück«, sagte sie hastig, redete immer schneller, als könne sie nachholen, was ihr auszusprechen bisher nicht gelungen war. »Ich werde in die Wohnung gehen. Kein Wort werde ich mit Anton reden. Ich werde so tun, als wüsste ich nichts. Das Zimmer aufgeben, die Möbel verkaufen, hier ein Zimmer nehmen. Ich werde es wieder gut machen. Nur für dich da sein. Bis du mir vergibst.«

Die Haut ist ein Elefant, sagte der Arzt, der sie zum Ausgang führte, die hält einiges aus. Es tut uns Leid. Es tut uns allen Leid. Wir tun, was wir können. Wir müssen warten.

Wir wissen es nicht. Jetzt noch nicht.

Verbrennungen dritten Grades mit Zerstörung der Hautanhangsgebilde, so dass eine Epithelregeneration von verbliebenen Epithelinseln nicht mehr möglich ist, zitierte der Arzt.

Die Haut erinnert sich an jede Wunde, jeden Schnitt, jede Berührung, sagte der Arzt. Den Sand am Meer, der Asphalt an den nackten Füßen, deine Hand, alle Hände, die dich je berührt haben und wie sie es taten, dachte Judith, wie kann das sein. Die Haut schält sich, wächst nach, aber sie vergisst nicht. Die Haut ist ein Gebirge und groß wie ein Kontinent.

Judith drückte das Gesicht gegen die vibrierende Scheibe, die sie einschläferte. Brücken wie Schatten und Tunnel, am Ende war Licht.

Im Halbschlaf verloren sich die Worte in ihrem Kopf. Sie sah nur noch: die Mauern der Häuser draußen, die an ihr vorbeigezogen wurden, Plakate am Bahndamm, farbige Flächen, unleserlich.

Zwischen den Häusern schimmerte der See. Judiths Lider schlossen sich langsam, aber sie wollte nicht schlafen. Sie wollte wach bleiben, die Entfernung erleben, die sie überwand. Wenn sie sich die Entfernung vorstellen konnte, dachte sie, wäre es leichter, von Johanna getrennt zu sein. Die Augen fielen ihr zu. Wenn sie die Lider hob, sah sie den See, die Berge, die lange Dünung der Hügel und Dörfer, aufgeschnittenes Land, das sich vor dem Fenster senkte. Immer wieder schlief sie ein. Unter dem Laken, dem Stoff, den Verbänden atmete Johanna, Geröllhänge, Böschungen, hörst du, sag was, Blasenbildung, aufgeplatzte Haut, Furchen, Kanäle, ablaufende

Flüssigkeit, Schläuche, Kanäle, Landschaftskatheter zwischen Baggerseen, Lichtwurf im fallenden Grün der Waldreste am Horizont, Erdhaut, braunes, geradegezogenes Land.

Ihre Augen öffneten sich, die Augen schlossen sich.

Passkontrolle. »Wo möchten Sie hin? Haben Sie kein Gepäck«?

»Nein«, sagte Judith.

»Warum haben Sie kein Gepäck? Warum sprechen Sie so leise? Haben Sie Ihren Pass? Haben Sie etwas zu verzollen?«

»Ich habe meine Schwester besucht.«

»Haben Sie einen festen Wohnsitz? Haben Sie getrunken? Nehmen Sie Drogen? Warum haben Sie so ein verquollenes Gesicht? Haben Sie Geld dabei?«

»Gegen Sie liegt nichts vor«, sagte der Zöllner.

Zwischen den Hügeln dicht die eingestreuten Dörfer, keine Verbindung, Strommasten, Kabel, die Erinnerung an ihr Gesicht im Fenster, in den Scheiben der Messinstrumente, ich komme zurück, so schnell ich kann. Frequenzen, Amplituden, pulsgetönte Sonden hinter Stacheldraht, der Himmel zeichnet die unheimliche Stille auf, in der sich das Blut seinen Weg sucht. Unterdruck, wachsende Rückstände in den Nieren, Halden an den Rändern der Städte, Lippen öffnen sich, schließen sich ohne Laut, Bahnübergänge, Vororte mit Vorgärten, Vorfahrtsstraßen, Zweitwagenhändler, Bahnhöfe, in die kein Licht fällt. Fünf-Minuten-Takt der Atemprotokolle, Elektrik der empfangbaren Signale. Wenn der Zug hält, sich mit einem Ruck spannt und nachgibt, im Dunkel der Halle liegt, Judith wachte auf, horchte, ob etwas passiert war, ob das Herz ausgesetzt hatte, bis wieder Türen schlugen, Gesprächsfetzen in fremden Sprachen draußen vorüberzogen, der Zug weiterrollte, sie wieder einschlief.

3. Kapitel

Anton suchte die Straße ab, Vleutz' Wagen war nicht mehr zu sehen. Nur noch das gelbe Nachmittagslicht leuchtete auf den Steinen. Über die Fassade vor ihm zog der Schatten von zwei Tauben einen Halbkreis. Als er das Flattern hörte, blickte er nach oben, dann war es wieder still.

Er wusste nicht mehr, ob er Judith vertrauen konnte. Er blieb an ihrem Zimmer stehen, als ließe sich darin eine Antwort auf die Frage finden. Ob sie wiederkommen würde. Oder ob sie ihn einfach belogen hatte.

Da war der Karton mit den Fotos. Die Kiste mit den Büchern, der Schreibtisch. Das lässt man nicht zurück, wenn man auszieht. Nein, beruhigte er sich, sie kommt schon zurück, sie wird mit mir sprechen, und sie wird eine Antwort haben.

Es hat nichts mit Henrik oder dir zu tun, hatte sie gesagt.

Sie sei nur hierher zurückgekommen, um ihre Sachen zu holen. Sie habe den Entschluss schon vor Wochen gefasst. Sie hatte Anton angeschaut, ihren Kopf zur Seite gelegt. Er fände doch sicher wieder jemanden, an den er das Zimmer vermieten könne.

Anton hatte ihr nicht geglaubt, aber er sagte nichts. Er dachte an die Kündigung auf seinem Schreibtisch und dass niemand einen Untermieter für eine gekündigte Wohnung findet. Er rechnete wieder, ob das Geld reichte, sah Judith nicht an.

»Ich helfe dir«, sagte sie plötzlich und wartete, dass er aufsah.

»Ich werde mit Vleutz in die Schweiz fahren«, sagte Judith, »er nimmt mich mit. Ich werde herausbekommen, wer die Geldgeber sind. – Versprochen«, sagte sie, als sie seinen Blick sah.

Einen Augenblick war er so überrascht, dass er nicht antworten konnte. Dann lief er in sein Zimmer, ohne sich zu bedanken, ohne darüber nachzudenken, warum Judith ausgerechnet mit Vleutz in die Schweiz fuhr. Erst langsam, im Laufe des Tages, wurde er misstrauisch, aber er wollte nicht darüber reden, vielleicht nahm sie sonst ihr Versprechen zurück.

Den ganzen Nachmittag hatte er überlegt, ob er Judith etwas erzählt hatte, was sie Vleutz verraten, was Anton schaden konnte.

Einmal misstrauisch geworden, konnte er sich nicht mehr beruhigen.

Er musste schließlich mit allem rechnen: auch damit, dass Judith Vleutz alles erzählt hatte, dass er sie längst umgedreht hatte, vielleicht schon von Anfang an. Anton überlegte, ob Johanna davon gewusst haben konnte, aber der Gedanke, dass Johanna auch an Vleutz' Verrat beteiligt sein konnte, war zu schrecklich, ihm wurde übel. Nein, dachte er, nicht Johanna, sie nicht.

Er erinnerte sich an die Wochen, nachdem Vleutz das Haus gekauft hatte. Wie nach dem Tod der Hausmeisterin die Mieter an jedem Abend im Treppenhaus standen und sich in Wut redeten. Ich hätte ihm fast, man sollte ihm. Wir können nicht warten.

Dann begann Vleutz Löcher in die Kellerwände zu schlagen, dass der Kies ins Haus rutschte. Er riss im Erdgeschoss Wände ein. Am Abend kamen die Männer von der Arbeit zurück und begutachteten die Schäden. Fassungslos starrten sie auf den Schutt. Die Baukommission besichtigte das Haus. Wir können nichts machen, wir sind nicht die Polizei.

»Sprechen Sie nicht mit ihm, lassen Sie sich auf nichts ein, rufen Sie an, wenn etwas passiert«, sagte die Frau vom Mieterverein.

Nachts stellten sie Wachen auf, tagsüber streifte Anton durch das Haus. Noch hatte Vleutz nur die Wohnung der Hausmeisterin in seine Hand bekommen.

»Wenn Sie aushalten, können wir ihm vielleicht das Handwerk legen«, sagte der Beauftragte der Baukommission, »es geht nur über die Gerichte.«

Aber es ging zu langsam. Frau Kunzl wird bedroht, hieß es. Gerüchte, dass jemand ausziehen will, dass es ein Angebot von Vleutz gäbe. Anzeigen wegen Nötigung, Baugefährdung, Diebstahl. Anrufe bei der Presse, die ersten Zeitungsberichte. Der Oberbürgermeister schreibt: Ich habe meinen Dienststellen Anweisung gegeben … Am gleichen Nachmittag kam die Feuerwehr, um das Dach abzustützen, weil Vleutz die Balken zersägt hatte. Wochen, in denen Anton nicht an seine Arbeit dachte, in denen er in seiner Wohnung allein auf- und ablief und Vleutz beschimpfte. Immer wieder nächtliche Gespräche im Treppenhaus: Der braucht nur Prügel, wenn uns niemand hilft, müssen wir selbst. Ihn hindern, dass. Wenn ich Geld hätte, würde ich.

Wenn sie später in ihre Wohnungen zurückgingen, versicherten sie sich, wir warten nicht mehr lange. Anton hatte daran geglaubt, stand allein im Treppenhaus, hatte die Stimmen der Gespräche im

Ohr: Wir müssen vorsichtig sein. Er hört die Telefone ab. Die Kinder können nicht schlafen.

Als die alte Kunzl gestorben war, dachte Anton, es ist soweit. Er lief den ganzen Nachmittag im Haus auf und ab, stellte sich vor, was sie täten. Er wartete, machte vage Pläne, aber als sie sich am Abend trafen, war alles anders. Anton verstand nicht, was mit ihnen geschehen war. Sie besprachen das Begräbnis und legten fest, wer den Kranz besorgte.

»Das ist kein Spiel«, sagte einer und die anderen nickten beifällig und ernst. Man müsse an seine Familien denken, das sei doch kein Leben mehr.

»Geordneter Rückzug«, sagte einer zu Anton im Treppenhaus, als zwischen den Baumaschinen die Umzugslaster rangierten. Vleutz hatte die Arbeiter bezahlt, die die Schränke nach unten trugen. Vleutz gab jedem Mieter einen Scheck, bevor sie abfuhren. Anton schaute nicht nach draußen, was hätte das schon gebracht. Ich kann das nicht, dachte Anton, ich kann nicht einfach so gehen.

Vleutz töten. Es hätte so viele Gelegenheiten gegeben.

Er wusste inzwischen, dass es ihre Wut war, die sie abgehalten hatte, etwas zu tun. Vleutz hatte gewonnen, wenn man wütend auf ihn wurde. Wenn man wütend ist, hat man keine Ideen.

Vleutz töten. Seit Tagen hatte er darüber nachgedacht. Nun, wo Judith fort war, konnte er planen.

Gelungen ist ein Mord, wenn das Opfer tot ist, dachte er, noch gelungener ist der Mord, den niemand bemerkt.

Die Methode entscheidet. Das Besondere. Es verhält sich, dachte er, plötzlich mit ganz klarem Kopf, wie mit der Kunst. Das Besondere, die Variation entscheidet.

Anton bückte sich, um zwischen den Skizzenblöcken kariertes Papier zu finden. Mit einem Bleistift schrieb er auf das erste Blatt ganz oben, mit Druckbuchstaben in die Mitte: PLANUNG.

Dann brach der Bleistift ab. Anton suchte zwischen den Ölkreiden nach dem Spitzer, aber er fand keinen. Aus der Küche holte er ein Messer und begann vorsichtig über der Spüle das Holz des Bleistifts abzuschaben, das sich in kleinen Splittern löste. Dann erschien die silbrige Spitze wie ein Kopf. Langsam kratzte er den Graphit ab. Na bitte, dachte er. Er hatte sich nicht einmal geschnitten.

Als er wieder vor seinem Papier saß, wusste er nicht mehr, wie er weitermachen wollte. Er entschloss sich, eine Liste der interessantesten Todesarten anzufertigen.

Das wollte er aber nicht auf den Planungsbogen schreiben, auf dem ja die ersten Ergebnisse niedergelegt werden sollten. Er suchte nach einem Notizzettel, der schon auf der Rückseite beschrieben war und als er einen kleinen Zettel in der Küche gefunden hatte, den Judith als Einkaufszettel gebraucht hatte, schrieb er schnell untereinander: ERSCHIESSEN, ERDOLCHEN, ERWÜRGEN, ÜBERFAHREN. Er setzte ab, überlegte, dann fiel ihm ERTRÄNKEN ein. Unzufrieden betrachtete er die Worte, schrieb noch AUSHUNGERN dazu. Er holte sich aus der Küche ein Stück Brot, hatte es bereits gegessen, als er wieder in seinem Zimmer stand. VERDURSTEN schrieb er, setzte vorsichtig zwei Strichlein auf das U, um ein VERDÜRSTEN daraus zu machen. ERSCHLAGEN, VERGIFTEN fügte er hinzu. Nicht schlecht, dachte er, etwas weniger unzufrieden. Dann fielen ihm noch EINMAUERN und BETONIEREN ein. Trotzdem fehlte etwas. Es war doch nur ein Billigkatalog an Todesarten, Warenhausmorde, wie man sie überall beging. Als er schon aufgeben wollte, erinnerte er sich an das Buch. Es musste noch in ihrem Zimmer stehen, wenn sie es nicht mitgenommen hatte. Er fand es zwischen dem Hamlet und einer Dünndruckausgabe des Wilhelm Tell, zog es heraus und lief in sein Zimmer zurück. Es war am oberen Rand verstaubt, und er wischte es mit dem Handrücken sauber.

Besondere Ideen verlangen besondere Methoden, dachte er und schlug das Buch auf, blätterte, bis er die richtige Stelle fand.

»Schreiben Sie ein Wort in die Mitte eines leeren Blatt Papiers und legen Sie sich auf den Boden. Ziehen Sie sich bequeme Kleidung an und entspannen Sie sich. Machen Sie den Bauch frei.«

Anton drehte sich auf den Rücken und öffnete seine Hose. Dann schrieb er in die Mitte des leeren Blattes: VLEUTZ TÖTEN. Er lächelte die Worte an, dachte: Du bist fällig.

»Schreiben Sie alles auf das Blatt, was Ihnen spontan zu Ihrem Kernwort einfällt. Lassen Sie Ihren inneren Schreiber frei. Verketten Sie Wörter, Gedanken, Begriffe.«

Anton dachte: Loslassen. Er ballte seine Fäuste, streckte die Zehen, spannte die Bauchmuskeln, drehte sich blitzschnell um und schrieb in einer ersten langen Reihe untereinander:

MESSER MORD SCHLAGEN STEINE TÖTEN BLUT FLIESST ROT LIPPEN LIEBE KÜSSEN ENDLICH JOHANNA.

Er atmete aus, kontraktierte nach Anweisung den oberen Zwerchfellmuskel. Dann legte er den Stift auf das Papier und schüttelte seine Hand aus.

»Wenn Ihnen nichts mehr einfällt, setzen Sie an einer anderen Stelle des Kernwortes an und verketten Sie eine weitere Folge von Worten, Gedanken und Ideen.«

Anton kniete sich vor das Papier, beugte seinen Kopf nach vorne, bis er es fast berührte. Dann ließ er mit Hilfe des Unterdruckbauchmuskels die restliche Lungenluft entweichen. Er riss den Kopf hoch, griff nach dem Stift und schrieb: VLEUTZ TÖTEN MORDEN PRÜGELN WÜRGEN SCHLINGEN DRÜCKEN UMARMEN KÜSSE HAUT.

»Schreiben Sie so lange Wörter auf, bis das Papier vollständig bedeckt ist. Lassen Sie scheinbares Chaos zu.«

VLEUTZ TÖTEN NIEDERMACHEN AUSBLASEN HÄUTEN ZIEHEN ZUNGE ABSCHNEIDEN MUND NASS FEUCHT ROT JOHANNA.

Er setzte sich auf und atmete ein. Er blätterte weiter, weil er vielleicht die falsche Methode gewählt hatte. Aber es gab in diesem Buch nur eine Methode.

»Wenn Sie feststellen, dass sich Muster herausbilden, die sich um neue zentrale Begriffe ordnen, nehmen Sie ein neues Blatt und beginnen Sie mit diesem Begriff noch einmal von vorne.«

Anton blätterte um und schrieb in die Mitte des riesigen leeren weißen Blattes: JOHANNA.

Warum Johanna, dachte er, warum hatte er sich in sie verliebt. Er sah sie wieder vor sich, wie sie auf ihn zuging, nackt und ohne Scham sich neben ihn hockte, unberührbar nah.

Er hatte keine Wahl. Er musste auf sie warten, und er musste Vleutz töten, sonst hatte er alles verloren, das Haus und Johanna, alles andere war unwichtig.

Er schloss die Augen und sah Johannas Gesicht. Es war ganz still. Er legte seinen Kopf auf das Papier auf dem Boden, blieb liegen, bis es im Zimmer dunkel wurde und die Erinnerung wie eine Welle über ihn hinwegging, die Erinnerung, als er vor ihrer Tür gestanden war und nur ihre Stimme gehört hatte.

Er hatte nicht zu klingeln gewagt. Atemlos in der Angst, dass sie öffnen konnte, drückte er sich an die Wand neben der Wohnungstür, in der Angst, dass irgendeine Tür sich in dem dunklen Treppenhaus öffnen konnte und jemand ihn sähe.

Er hatte von unten in ihrem Zimmer Licht gesehen, war geduckt über die Straße gelaufen, in den Hauseingang getaucht. Unentschlossen lehnte er an der Haustür, als sie sich öffnete, und war hintüber gekippt, an jemandem vorbei, der das Haus verließ. Die Tür fiel ins Schloss und Anton wäre fast im Dunkeln gestolpert.

Oben war außer Johannas Stimme hinter der Wohnungstür eine zweite zu hören. Eine Männerstimme, von der er zuerst annahm, dass es sich um das Radio oder den Fernseher handle. Dann aber merkte er, dass sich die Stimmen nicht überschnitten. Dass zwischen dem, was sie sagten, immer eine Pause lag. Anton bückte sich, weil er es nicht glauben konnte. Sein Kopf war Zentimeter vom Briefkastenschlitz entfernt, auf einem Heftpflasterstreifen las er ihren Namen. Er hätte die Klappe nur nach innen drücken müssen, um Johanna zu sehen. Er hätte Gewissheit haben können, ob jemand bei ihr war. Aber er wagte es nicht.

Er hörte plötzlich Schritte, er merkte, wie sie lauter redete. Er blieb noch stehen, um ihre Worte zu verstehen, lief, als er ihre Stimme quälend nah hinter der Tür hörte, die Treppe hinunter. Immer schneller, er sprang die letzten Stufen, blieb im Hausgang in der Deckung der Wand, taumelte auf die Straße zurück, war froh, noch einmal entkommen zu sein, ohne sich lächerlich gemacht zu haben.

Am nächsten Morgen hatte ihm Judith erzählt, dass Johanna gerade eben abgereist sei.

Er hob seinen Kopf, es war so dunkel, dass er Johannas Namen auf dem Blatt kaum lesen konnte. Am Fenster merkte er, dass der Wind stärker geworden war. Die Luft hing sumpfig in der Straße. Seit Tagen hatte es kein Gewitter gegeben. Die Straßenlaternen schwankten an den Drähten zwischen den Häusern. Ein Abschied ohne Abschied. Das stumpfe Schwarz der Antennenäste glänzte.

Anton sah, wie jemand an den beleuchteten Schaufenstern vorbeiging, stehen blieb, sich in den Eingang eines Geschäfts stellte und zu seinem Fenster hochsah. Anton erkannte ihn nicht gleich, lehnte sich an die Wand, um selbst nicht gesehen zu werden. Minutenlang blickte er nach unten, ohne zu wissen, wer es war. Erst als die Gestalt wieder auf die Straße trat, konnte Anton das Gesicht sehen und erstarrte, als er es erkannte.

Dann aber machte sich Anton bereit, ihn zu empfangen. Er suchte sein Zimmer ab, ob er noch etwas verstecken musste. Er schloss die Tür zu Judiths Zimmer, horchte an der Wohnungstür. Die Schritte waren im Hausgang, auf den Treppenstufen, und plötzlich blieben sie stehen.

Anton vermutete, dass er jetzt die hinteren Zimmer beobachtete. Vielleicht ging er wieder, wenn er kein Licht sah. Anton hörte wieder Schritte, dann das vorsichtige Klopfen. Er hielt den Atem an und wusste nicht, ob er öffnen sollte. Aber das Klopfen hörte nicht auf.

Henrik stand im Dunkel des Treppenhauses, im Schatten von Antons Körper, sagte nichts, bewegte sich nicht, bis ihn Anton in die Wohnung winkte.

Henrik fragte mit heller Stimme, ob Judith da wäre, Anton antwortete nicht, und so verklangen die Worte zwischen ihnen, als seien sie nicht gesprochen und nicht gehört worden.

Judith hat ihm nicht gesagt, wo sie ist, dachte Anton, der Henriks Gesicht im Licht der Küchenlampe jetzt deutlicher sah. Henriks Blick lief unablässig über Antons Gesicht, heftete sich an seinen Blick, sprang wieder ab, umsprang ihn wie ein junger Hund, der nicht weiß, ob er belohnt oder geschlagen wird.

»Hat sie dir nichts gesagt?«, fragte Anton, um ihm weh zu tun.

»Nein«, sagte Henrik, und Anton nickte wie zur Bestätigung.

»Sie ist in der Schweiz«, sagte er und beobachtete Henrik, der das Zimmer absuchte, als könnte sie doch irgendwo sein, als wagte er nicht zu fragen, ob er selber in Judiths Zimmer nachsehen dürfe.

»Sie ist nicht da«, sagte Anton und setzte sich in seinem Zimmer auf den Stuhl vor die Staffelei. Henrik blieb vor den Bildern mit Johannas Körper stehen und ohne Anton anzusehen sagte er:

»Ich habe einen Fehler gemacht.«

Anton knipste die Schreibtischlampe an, die unter dem Tisch stand. Er hatte vergessen, die Bilder umzudrehen. Angewidert sah er Henrik zu. Es waren seine Bilder, es war seine Johanna auf diesen Bildern, so wie sie sich ihm gezeigt hatte und niemand anderem.

»Ich habe Judith verletzt«, sagte Henrik.

Anton sah zum Fenster, ärgerte sich, geöffnet zu haben. Er kannte Henrik kaum. War er nicht immer froh gewesen, ihn nicht zu sehen?

»Es ist wegen Johanna, weißt du«, sagte Henrik, während er ebenfalls zum Fenster schaute, als könnte er dort Antons Blick einfangen.

Wieso Johanna?, dachte Anton und musste sich zwingen, sitzen zu bleiben. Warum sagte Henrik: Weißt du. Als hätte er Angst, darüber zu sprechen. Hau doch ab, dachte Anton, aber es war zu spät.

»Wie geht es Johanna?«, fragte Henrik, die Worte klangen wie dünne, mitleidige Fetzen.

»Glaubst du, dass sie zurückkommt?«, fragte er.

Anton merkte plötzlich, dass er etwas nicht verstanden hatte oder etwas nicht verstehen konnte.

»Wir hoffen alle, dass sie zurückkommt«, sagte er deswegen vorsichtig und fügte hinzu, um sich für alle Fälle abzusichern, dass er es nicht glaube.

Er merkte, dass Henrik bei seinen letzten Worten den Blick abwendete. Er starrte an Anton vorbei auf die Bilder, fixierte sie, als sei es ihm unmöglich, woanders hinzuschauen.

»Es tut mir Leid«, sagte Henrik.

Anton stand auf, aber er wagte nicht zu fragen, was Henrik Leid tat. Es fiel ihm schwer irgendetwas zu sagen, etwas Zusammenhängendes zu denken.

Das gibt es doch nicht, dass ich nichts gemerkt habe, dachte Anton. Warum sagt er mir das alles.

Dann sah er Johanna und Henrik vor sich. An dem Abend in dem Eiscafé. Das war kein Zufall gewesen. Sie hatten sich dort heimlich getroffen, Anton hatte sie gestört.

Er erinnerte sich, Johanna und Judith an seinem Arm gesehen zu haben und dass Henrik Johanna einen Augenblick später als Judith losgelassen hatte.

Anton suchte nach weiteren Indizien, die Stimme hinter der Tür fiel ihm ein und er hielt den Atem an, um sich nichts anmerken zu lassen. Wartete, dass Henrik weiterspräche, dass er dessen Stimme mit der Stimme in seiner Erinnerung vergleichen könnte. Aber Henrik sah ihn nur schweigend an.

»Möchtest du etwas trinken«, fragte Anton, sein Hals, seine Zunge und seine Lippen waren taub, aber Henrik schüttelte nur langsam den Kopf.

»Um mir das zu sagen, bist du hier«, sagte Anton leise, war sich jetzt sicher, was geschehen war. Henrik hatte mit beiden Schwestern etwas gehabt, ihn zwei Mal besiegt, ihm nicht nur Judith, sondern auch Johanna genommen.

Er blickte Henrik hasserfüllt an, aber Henrik schien den Hass nicht zu bemerken.

»Ich habe geträumt«, sagte er und sah immer noch die Bilder an, dann streckte er seine Hände von sich weg und betrachtete sie.

»Ich habe geträumt, dass ich an einem Regenabend vor diesem Haus stehe: dass auf mein Klingeln niemand öffnet, dass ich nach Licht suche, dass ich Judith sehe, hell in dem dunklen Viereck hinter dem Fenster, über das der Regen läuft, und ich will nach ihr rufen, aber ich weiß nicht, ob sie mich erkennt. Dann sehe ich, dass sie sich vom Fenster löst und an der Wand lehnt, und ich laufe auf die Straße hinaus und stehe im Regen und kann mich nicht mehr bewegen, festgeschweißt stehe ich und werde nass und sehe, dass der helle Fleck nicht mehr am Fenster steht, und ich will gehen, aber plötzlich sehe ich sie im Fenster daneben, weiß aber nicht, ob mich das gespiegelte Licht der Laternen getäuscht hat. Dann aber, als ich die Hauswände entlang blicke, sehe ich sie überall. In jedem Fenster, als liefe sie durch die Wände, als gäbe es keine Wände zwischen den Häusern, als gäbe es nur ein Haus, durch das sie läuft, nur ein Haus, vor dem ich stehen kann, verstehst du«, sagte er und drehte sich um und ging auf Anton zu, der jetzt am Tisch saß, und beugte sich über ihn.

»Das war nicht schlimm«, sagte Henrik, »aber dann, bevor ich aufgewacht bin, habe ich erkannt, dass sie es ist, die sucht. Und das habe ich nicht ertragen.«

»Vielleicht sucht sie gar nicht dich«, sagte Anton und blickte auf die Tischplatte zwischen ihnen. Er hat mir Judith weggenommen, und jetzt auch noch Johanna. Er hat Judith betrogen, er ist nicht anders als Vleutz.

»Warum bist du gekommen«, fragte Anton.

»Ich weiß nicht«, sagte Henrik, »warum dieser Traum für mich so schlimm war. Ich konnte den ganzen Tag nichts denken. Ich konnte nichts anderes tun. Ich bin durch die U-Bahn gelaufen, stundenlang durch die Dunkelheit. Keine Zeichen, kein Lärm. Nur Wind und Licht, das vorbeischießt. Ich habe versucht, mich selbst zu vergessen, nichts hat geholfen. Deswegen bin ich hier. Um mit ihr zu reden. Um mich zu entschuldigen. Dass ich Judith verletzt habe. Ich wollte das nicht.«

»Nur deswegen?«, fragte Anton. Jetzt, wo Johanna verreist ist, will er zu Judith zurück, dachte er und betrachtete Henriks Hände vor sich auf dem Tisch.

Damit hat er sie angefasst, dachte Anton, wie kann sie sich von solchen Fingern anfassen lassen.

Er blickte an Henrik vorbei aus dem Fenster. Die Planen schwangen im Wind, und wenn sie näher an das Fenster kamen, leuchtete das helle schmutzige Blau.

Anton wollte aufstehen, aber dann wäre er ganz nah vor Henrik gestanden. Also lehnte er sich zurück an die Wand und schloss die Augen.

»Du machst die gleichen Fehler«, redete Henrik weiter, »du tust mir Leid. Du musst dich von ihr lösen. Auch wenn es schwer fällt. Du kannst nichts mehr für sie tun.«

Du Schwein, dachte Anton. Er merkte, dass Henrik gleich die Hände vom Tisch nehmen und ihn freigeben würde.

»Es gibt ein Gewitter«, sagte Anton und beugte sich nach vorne.

»Ich weiß nicht«, sagte Henrik.

Aber Anton hörte nicht mehr zu. Er schob Henrik langsam zur Tür. Er wollte nur noch allein sein. Doch als er wieder in seinem Zimmer stand, hatte er vergessen, was er tun wollte. Er setzte sich in die Küche, um nachdenken zu können. Zum ersten Mal ertrug er die Wohnung nicht mehr.

Johanna ist schuld, dachte er, als Henrik gegangen war. Sie hatte ihn getäuscht, mit ihm gespielt und jetzt war sie fort, ohne dass er sich rächen konnte. Er versuchte sich Johannas Gesicht vorzustellen. Aber als es gelang, öffnete er schnell die Augen.

Und Judith hatte davon gewusst. Jetzt verstand er ihre Tränen, sie tat ihm Leid.

Es war vorbei. Vorbei mit Judith. Vorbei mit Johanna. Was ihm blieb, war sein Kampf gegen Vleutz. Was blieb, waren die Arbeit, die Skulpturen, die Kunstakademie.

Als er ruhiger wurde, dachte er an die Zeit, die vor ihm lag. An die Geduld, die er haben musste. Die man brauchte, um auf den richtigen Augenblick zu warten, auf den Rhythmus, in dem er arbeiten und die Skulpturen fertig stellen konnte.

Niemandem werde ich öffnen, dachte er. Nur arbeiten. Stunde für Stunde. Arbeiten. Schlafen und Arbeiten. Arbeiten und Schlafen. Ohne auf Tag und Nacht zu achten. Wie ein Fiebernder die Zeit nutzen. Den Skulpturen Atem geben. Leben. Anton horchte an der Wohnungstür. Ob jemand draußen stehen könnte. Dann erst öffnete er, aber das Treppenhaus lag verlassen. Ohne Vleutz wurde nicht gearbeitet. Anton würde auf dem Speicher weitermachen. In der vollkommenen Stille des verlassenen Hauses. Vielleicht, dachte er, könnte er danach ausziehen, vielleicht wollte er es dann sogar. Vielleicht musste er auch nicht mehr. Aber selbst das zählte jetzt nicht mehr. Er stieg die Stufen nach oben. Er konzentrierte sich auf das, was vor ihm lag. Die Skulpturen waren fast fertig. Er versuchte sich vorzustellen, wie sie als Installation an der Decke hingen, und ließ die Wohnungstür hinter sich zufallen.

Oben stieg er im Dunkel über die Balken und den Schutt, hatte den Himmel über sich, sternlos über der Stadt. Er sah fast gar nichts, tastete sich zwischen den Kaminen zum Gerüst an der Straßenseite, drückte seine Stirn gegen das Metall.

Er sah nach unten. Die Straßen lagen still, nur das Murren der Betrunkenen war zu hören, denen sich die Häuser in den Weg stellten.

Dann wendete er sich nach links, wo die anderen Speicherabteile gewesen waren. Seine Augen hatten sich an die Dunkelheit gewöhnt und es fiel ihm leichter über das Gerümpel zu steigen, das sich bis zu seinen Hüften auftürmte.

Ganz am Rand erwartete er die Bretterverkleidungen seines Speicherabteils zu finden und dahinter die braunroten Tonkörper, aber als er die Stelle erreicht hatte, war da kein Speicherabteil mehr, und sosehr er seine Augen auch anstrengte, er sah nichts. Er versuchte ruhig zu bleiben, hoffte, dass die Skulpturen beim Abbruch des Speicherabteils nur an den Rand geschoben worden waren, aber er fand sie auch an den anderen Wänden nicht. Er stand bewegungslos in der Mitte des Speichers, er hatte sich nicht getäuscht: Sein Speicherabteil war abgebrochen worden, die Skulpturen, an denen er Monate gearbeitet hatte, waren fort.

Auf einmal war Judith froh, mitgefahren zu sein. Die Felder zogen an ihr vorbei, gelb hing das Licht auf den Bäumen. Still saß sie neben Vleutz, betrachtete seine Hände. Hände mit glatter Haut, die sie immer wieder anschaute. Sie fragte sich, warum man ihnen nichts ansah. Die Hände schalteten, drehten das Lenkrad, wenn er Gas gab, überholte. Ohne zu zögern, ohne zu reden.

Immer wieder versuchte sie in Vleutz' Gesicht etwas zu entdecken, was zeigte, wer er wirklich war. Aber sie sah nichts als ein belangloses Jungengesicht, nichts, was ihr böse erschien, woran man merken konnte, wie skrupellos er war, und sie fragte sich, wie man so entspannt fahren konnte, wenn man so viele Feinde hatte. Vielleicht täuschten sich alle in ihm. Vielleicht schätzte er die Realität klarer ein, wollte nur das Haus schöner machen, das ja wirklich heruntergekommen war. Vielleicht merkte er gar nicht, was er anrichtete und es musste ihm nur jemand klar machen.

Auf der Bundesstraße hatte er gesagt: Ich heiße Christian. Aber dann musste er bremsen, weil ein Wagen auf ihrer Spur entgegenkam, und Judith spürte, wie sie sich an ihrem Sitz festhielt. Ist Ihnen kalt, fragte er kurz darauf, und als sie nickte, drehte er am Gebläse.

Auf den Entfernungsschildern der Autobahn sah sie die Zahlen immer schneller abnehmen und sie hatte keine Lust anzukommen. Es gefiel ihr zu fahren. Nur unterwegs zu sein. Das Auto wie eine Höhle, die Geschwindigkeit, der rauschende Fahrtwind. Sie war irgendwo dazwischen, weg von Anton und noch nicht angekommen in dem Hotel, wo sie sich ein Zimmer nehmen wollte, damit sie nicht bei den Eltern wohnen musste. Sie war einfach hier in diesem Auto.

Hier, neben Vleutz, wurde auch die Erinnerung an Sobowski schwächer. Judith dachte nur an Johanna, versuchte sich vorzustellen, wie der Unfall passiert war. Sie sah das Auto auf den Brückenpfeiler zusteuern. Sie spürte den Ruck des Sicherheitsgurtes, hörte splitterndes Glas, stellte sich Schmerzen vor, überall, dann Dunkel. Stille, bevor die Flammen hochschlugen.

Auf einmal wünschte sie sich, Vleutz von Johannas Unfall zu erzählen. Sie überlegte, wie sie ihn anreden sollte. Ob sie Du sagen sollte. Sie fand, dass der Name Christian nicht zu ihm passte. Sie überlegte sich einen ersten Satz, fand ihn zu lang, entschloss sich zu warten.

Warum begegneten ihr nicht mehr Männer wie er. Männer, die einen Willen hatten, ein Ziel. Bei denen man wusste, woran man war und nicht das Gefühl haben musste, sie hätten noch gar nicht gemerkt, dass sie auf der Welt sind. Sie stellte sich vor, Vleutz' Frau zu sein, hier und jetzt, in diesem Moment, unterwegs mit ihm, ruhig und gedankenlos neben ihm sitzen zu dürfen. Selbst die Erinnerung an Johanna wurde von seiner Ruhe so abgeschirmt, dass sie zu ertragen war. Mit ihm unterwegs sein, in einem Hotel ankommen, neben ihm die Stufen nach oben auf ein Zimmer gehen, zusehen, wie er das Fenster öffnet, sich hinauslehnt, hinter ihm stehen, an ihn gedrückt, ohne ihn loslassen zu müssen, etwas gefunden zu haben, was bleibt.

Als sie ihn wieder ansah, verschwand das Gefühl nicht, mit ihm zusammen zu sein, die Nähe blieb, bis sie auf einmal wehtat, zu quälen begann, weil die Distanz zu ihm unüberwindbar schien.

Dann sah sie wieder die zerstörten Speicherabteile vor sich, die Kamine, die wie nackte Türme zwischen zerbrochenen Holzlatten und Dachziegeln in den Himmel ragten.

Judith hatte nur noch den Karton mit Schulheften und Büchern holen wollen, aus denen sie Johanna vorlesen wollte. Aber sie fand nichts mehr. Wo hinter der Holzverschalung des Speicherabteils die Kartons neben Antons Skulpturen gestanden waren, zeichnete ein helles Rechteck die Wand. Dann sah sie Vleutz auf der anderen Seite des Speichers stehen, und Judith senkte den Blick, um nicht gesehen zu werden. Im Schutt unter sich sah sie Bruchstücke der Skulpturen, drehte sich weg, wollte fortlaufen, merkte, dass es zu spät war, dass Vleutz näher kam.

Lächelnd stand er vor ihr und fragte, ob sie etwas suche, und sie konnte nicht anders als auch zu lächeln, wie ein argloses Kaninchen. Wie konnte sie sich jetzt vorstellen, mit diesem Mann zusammen zu sein. Wie konnte sie hier neben ihm sitzen, mit ihm fahren, als sei nichts geschehen.

Judith verstand nicht mehr, warum sie sich nicht einfach umgedreht hatte und gegangen war. Stattdessen hatte sie seine Fragen beantwortet, unsicher und vorsichtig. Sie habe keine Zeit mit ihm zu sprechen, müsse in die Schweiz fahren, sagte sie, worauf er meinte, dass träfe sich gut, er müsse auch nach Zürich, morgen, und wenn sie wolle, könne sie mit ihm fahren, er hole sie morgen ab.

Gut, sagte Judith, unfähig zu überlegen, was sie eigentlich wollte und ob ein »Gut« bereits Zustimmung bedeutete.

Unten in der Wohnung, Anton gegenüber, der vor seinem Zimmer auf sie gewartet hatte, sie grundlos schweigend betrachtete, mit einem Blick, den sie nicht aushielt, so dass sie in ihr Zimmer ging, packte sie, so schnell sie konnte, ihre Kleidung in die Koffer, um alles mitzunehmen, nie mehr zurückkommen zu müssen, sah aber schnell ein, dass sie es nicht schaffte. Am Fenster blickte sie hinaus, wünschte sich in Johannas Krankenzimmer, hatte Antons Blick vor sich, fühlte sich plötzlich schuldig, dass sie ihn hier zurückließ.

Am Abend in der Küche teilte Judith Anton mit, dass sie ausziehen werde. Morgen fahre sie in die Schweiz und Ende des Monats würde sie ihre Sachen holen. Als sie das sagte und sah, wie sein Gesicht erstarrte, fügte sie hinzu, weil er ihr Leid tat, dass sie mit Vleutz fahre, um herauszubekommen, wer die Geldgeber seien, diejenigen, die hinter ihm stünden.

»Gib nicht auf«, sagte sie und drehte sich um, weil sie sein Gesicht nicht mehr ertragen konnte, »sobald ich etwas weiß, rufe ich dich an.«

Sie hatte vorgehabt, Vleutz gleich nach der Abfahrt zu fragen, um es hinter sich zu haben. Ganz unvermittelt, so dass er, überrascht, auch antwortete. Wer finanziert Sie? Wem gehören die Häuser? Mit wem arbeiten Sie zusammen?

Aber als sie abgefahren waren, zögerte sie den Augenblick immer weiter hinaus. Vielleicht später, dachte sie, wenn ich ihn besser kenne.

Draußen war es dunkel geworden. Es war die erste Raststätte hinter der Grenze. Auf den Tischen und Geländern steckten kleine weißrote Fähnchen, der Kaffee war lauwarm.

»Wie lang wohnen Sie schon in dem Haus?«, fragte Vleutz, als er den Zucker auf den Milchschaum rieseln ließ.

»Nicht lang«, sagte sie, »ein halbes Jahr vielleicht.«

»Ich wollte schon immer mit Ihnen reden«, sagte Vleutz.

Als sie am Parkplatz der Raststätte ausgestiegen waren, hatte sie neben dem Wagen gewartet. Sie hätte nichts dagegen getan, wenn er sie berührt hätte, sie hatte es erwartet. Aber er ging neben ihr, klimperte mit dem Schlüssel in der Hand.

»Schlimm in einer Baustelle zu wohnen«, sagte er und lächelte, immer gibt es Ärger. Das Paradies stelle ich mir als Baustelle ohne Ärger vor.

»Ja«, sagte Judith vorsichtig, »man kann sich nie sicher sein, was als Nächstes passiert.«

»Es ist besser auszuziehen, vorübergehend oder für immer.«

Er schwieg einen Augenblick, sagte dann, er biete ihr eine andere Wohnung an, gab ihr seinen Löffel, als sie das Zuckertütchen aufriss. Sie hatte es in die Hand genommen, ohne es zu merken. Sie wollte gar keinen Zucker im Kaffee, aber um nicht unhöflich zu wirken, schüttete sie ihn doch hinein.

»Ich versuche mich immer zu einigen«, sagte Vleutz und es klang mitleidig erschöpft, »aber manche sind einfach stur. Ich muss mich nicht einigen, es kostet Zeit und Geld, aber es ist mir wichtig, Streit zu vermeiden. Ich verstehe das nicht, wie man vernünftige Angebote ablehnen kann.«

»Ich ziehe ja aus«, hörte sich Judith sagen, vielleicht weil sie wollte, dass er damit aufhörte.

»Ach«, sagte er überrascht und sah sie an.

Ihre Blicke begegneten sich.

»Mit Ihrem Freund?«, fragte Vleutz.

»Nein«, antwortete sie, während sie noch überlegte, warum sie das gesagt hatte, »Anton ist nicht mein Freund. Ich habe keinen Freund.«

Er schloss einige Momente die Augen. Aber als er auch nichts sagte und sie das Schweigen nicht mehr aushielt, fragte sie plötzlich, da sie an Anton dachte:

»Woher stammt eigentlich das Geld für die Häuser.«

Vleutz lachte kurz, als hätte man ihm einen Witz erzählt, dessen Pointe jeder kennt.

»Geschäftsgeheimnis«, sagte er und lachte noch einmal. Und es sei so schwer zu erklären, selbst wenn man wollte, es sei eine schwierige Geschichte, die mehr Zeit bräuchte, aber sie müssten ja weiter.

»Ich will mich mit allen einigen«, fügte er hinzu, als müsste er eine Verhandlung abschließen.

Sie hatte das Wort erwartet. Vielleicht, weil Anton gesagt, es sei neben »Missverständnis« sein wichtigstes Wort. Man sollte ihm das Wort verbieten, so entstellt würde es durch ihn.

»Ein Maler«, sagte er, »ein Künstler, der braucht doch Ruhe.«

Beim Wort Künstler hob er die Stimme, als mache er sich über Anton lustig.

»Anton zieht nicht aus«, sagte sie, weil es ihr wehtat, wie Vleutz über ihn redete.

»Nein?«, fragte Vleutz.

»Ich glaube, Anton wird nie ausziehen.«

Sie betrachtete Vleutz, er wirkte bestürzt, vielleicht hatte sie sich das nur eingebildet.

»Es ist zu viel passiert«, sagte Judith leise und sah ihn an, merkte, dass er verstand. Er lehnte sich zurück, ohne den Blick von ihr zu lassen, beugte sich vor, nahm ihre Hand.

»Ich komme für alle Schäden auf«, sagte Vleutz, »ich bezahle alles.«

Er lehnte sich noch weiter über den Tisch vor, sein Gesicht war nur noch eine Handbreit von ihrem entfernt. Es sei ein Missverständnis der Arbeiter gewesen, das komme immer wieder vor, er könne nichts dafür.

Er blieb ihr nahe, bis sie es nicht mehr aushielt.

»Ist bei dir auch was kaputtgegangen?«, fragte er und griff erneut nach ihrer Hand.

»Nur ein paar Hefte«, sagte Judith und zog ihren Arm zurück, ohne Vleutz abschütteln zu können.

»Ich mache nichts anderes, als Häuser herrichten«, sagte er, »und ich kann nicht verstehen, was man dagegen hat. Es ist nur der Neid derjenigen, die sich das nicht leisten können. Die kleinen Beamten der Stadt, die keinen Sinn für das Schöne haben. Die sich wie Götter fühlen. Dankbar müssen sie sein.«

Er hob beschwörend die Hände, aber Judith wusste nicht, ob er noch mit ihr sprach oder nur noch laut dachte.

»Wie sehen die Städte aus, wer kümmert sich um die Sanierung? Die Baukommissionen nicht, der Denkmalschutz nicht. Die feuchten Mauern, die stinkenden Keller, alles unbrauchbar, kaputt, verfallen, voll Krankheiten, voller Keime. Findest du das gut?«

»Nein«, sagte Judith.

»Wir schleppen es weg, wir«, sagte er, »wir sind die Ameisen unter den Bauherren, wir sind wie Aasgeier«, sagte Vleutz, rollte theatralisch mit den Augen, dann lachte er und ließ endlich ihre Hand fahren, »stell dir Afrika ohne Aasgeier vor, ganz Afrika würde stinken.«

Er versuchte einen Schluck Kaffee zu trinken, aber die Tasse war leer.

»Ich bin für alle der böse Bube«, sagte er und lehnte sich zurück.
»Warst du mal in so einer Wohnung«, fragte er, »von einem verdreckten Alkoholiker, der seit vierzig Jahren nicht gelüftet hat.«
»Vielleicht merken sie es nicht«, sagte Judith.
»Aber wir merken es«, sagte Vleutz und legte seine Hand wieder über den Tisch auf ihren Arm, »wir holen die Leute aus dem Dreck. Familien mit rachitischen Kindern. In viel zu kleinen Wohnungen, ohne Zentralheizung. Alte Leute, um die sich niemand kümmert. Die können nicht allein bleiben. Die brauchen Pflege.«

Judith sah an ihm vorbei.
»Entschuldige«, sagte er, »es ist nicht leicht, wenn einem nicht geglaubt wird.«
Sie gingen nebeneinander zum Auto. Judith hatte die Arme unter den Achseln zusammengezogen.
»Bitte«, sagte er, als sie eingestiegen waren, »tu mir den Gefallen. Sag mir, was ich Anton anbieten kann, damit er auszieht. Es muss doch etwas geben, was ihm wichtiger ist, als dort zu wohnen. Du kennst ihn doch. Du musst doch was wissen.«
Wenn du mir sagst, wer die Geldgeber sind, dachte sie, aber sie schwieg.
»Was kann ihn denn locken?«, fragte Vleutz, als er den Motor anschaltete. Sie schwieg immer noch.
Auf der Autobahn sagte sie:
»Geheimnis.«
Er lachte wie vorhin, und es gefiel ihr, wie er lachte, es klang unbefangen jungenhaft.
Als er fragte, was sie denn in der Schweiz zu tun habe, sagte sie, um es gutzumachen, dass sie so abweisend gewesen war:
»Meine Schwester hat einen Unfall gehabt.«
Von der Hügelkette am anderen Seeufer zog sich ein Lichternetz zum Ufer nach unten, die Lichter flackerten, lösten sich aus ihren Linien, zitterten über dem Wasser.
»Sie liegt im Krankenhaus«, redete Judith weiter, »ich fahre zu ihr.«
Sie merkte, dass er langsamer fuhr und beobachtete jetzt sein Gesicht. Dankbar, dass er nicht gleich zu fragen begann, dass er zu warten schien, sagte Judith, dass Johannas Haut verbrannt sei, die ganze Haut.
Sie fragte sich, wie er reagieren würde, aber er blieb ganz ruhig, ließ nur eine Hand vom Lenkrad auf seinen Oberschenkel fallen.

Judith sah hinaus. Die schwarze Fläche des Sees reichte bis an die Autobahn.

»Das ist schrecklich, was?« Vleutz schien betroffen zu sein.

»Das ist es«, sagte Judith, »wirklich.«

Dann war es wieder eine Weile still.

»Kann ich etwas für Ihre Schwester tun?«, fragte er.

Und als sie nicht antwortete, fuhr er fort, sie solle sich an ihn wenden, wenn sie Hilfe brauche. Er fragte, wann sie zurückfahren wolle und versprach, sich nach ihr zu richten. Er könne sich das einteilen.

Sie sah ihn an.

»Ich möchte zum Bahnhof«, sagte sie.

»Ich fahre Sie hin, wohin Sie wollen.«

»Nein«, sagte sie. Sie wollte auf keinen Fall, dass er mit zum Hotel kam.

Am Bahnhof, bevor sie ausstiegen, schrieb er ihr eine Nummer auf.

»Geheimnummer«, sagte er und lachte.

Das Hotel lag zwei Seitenstraßen vom Bahnhof entfernt in Richtung des Sees. Der Portier wollte nicht einmal einen Ausweis sehen. Und es gab einen Fahrstuhl, der sie mit dem Gepäck nach oben brachte. Sie war jetzt froh, dass sie den Abschied von Vleutz nicht hinausgezögert hatte. Sie blickte sich um, ob sie noch etwas von früher erkannte. Der Fahrstuhl schien neu. Aber an den Ledersessel des Portiers, die geschwungene Treppe, die blassen roten Streifen der Tapete – daran konnte sie sich erinnern.

Als sie im Zimmer am Fenstergriff drehte, blätterte Lack ab. Unter ihr schoben sich die kleinen Dächer der Schuppen im Hinterhof ineinander. Sie sah, dass es nicht dasselbe Zimmer war, und sie war froh darum. Sie schob das Gepäck von der Tür neben den Schrank. Wahrscheinlich hatte Johanna damals auch das Zimmer organisiert. Johanna hatte sie in das Auto gesetzt. Johanna kannte die Lokale, die Künstler, die Partys. Johanna hatte ihr in der Schule die Zettel zugesteckt. 20 Uhr am Turm. Halb zehn am See. Johanna stieg aus und ließ sie mit dem Mann im Auto allein zu dem Hotel fahren. Sie war noch nie mit einem Mann, den sie nicht kannte, allein in einem Hotel gewesen. Sein Name klang französisch und Johanna war fort. Im Zimmer setzte sie sich nicht hin. Er redete pausenlos, Judith hörte nicht zu, überlegte immer nur, was sie jetzt tun sollte. Wie ein Brett lag sie unter ihm, blieb liegen, bis er eingeschlafen war. Dann suchte sie ihre Kleidung vom Boden und steckte ihren Körper hinein. Sie lief die Treppe nach unten und suchte nach einer Telefonzelle, um Johanna anzurufen.

Judith zog die staubige Überdecke vom Bett. Sogar den ersten Kuss in den Betonröhren an der Kiesschütte hatte Johanna organisiert. Dem Jungen aus der zweiten Klasse gedroht: Du musst sie auch küssen, du musst, du musst. Johanna hielt ihn fest, während Judith mit geschlossenen Augen an dem Stein lehnte und wartete, aus Scham das Gesicht des Jungen nicht ansah.

Hastig zog sie sich aus.

Im Dunklen stellte sie sich vor, dass Vleutz am Bettrand säße, schüttelte das Bild wieder ab.

Dann konnte sie nicht einschlafen und starrte auf das Lichtviereck, das vom Fenster auf die gestreifte Wand gezeichnet wurde. Johanna hatte immer für sie gesorgt. Was Judith nicht konnte, erledigte Johanna für sie. Alle Gedanken hatten sie geteilt. Zum ersten Mal hatte Judith mit Sobowski etwas getan, wovon Johanna nichts wusste.

Sie knipste das Licht an und suchte in den Hosentaschen nach dem Zettel mit Vleutz' Telefonnummer, prüfte, ob sie alle Ziffern lesen konnte. Sie schloss die Augen, sah sein Gesicht. Sie stand wieder auf und öffnete das Fenster, lehnte sich hinaus. Unten war es ganz still. Sie versuchte, sich Johanna nicht vorzustellen. Nicht daran zu denken, wie sie morgen in das Krankenzimmer treten würde. Wie sich Johanna verändert hatte. Johanna war plötzlich nur noch ein Name, den sie einige Male Silbe für Silbe aussprach, immer wieder, bis das Wort sich in seine Laute auflöste.

Sie wünschte sich jetzt nichts anderes, als schlafen zu können, aber sie wusste nicht, wie. Als sie sich plötzlich an die quälende Schlaflosigkeit der Mutter erinnerte, wurde Judith noch unruhiger, stand auf, ging im Zimmer umher. Auch die Mutter war in ihrem Zimmer auf- und abgelaufen. Von einer Seite zur anderen. Im Kreis. Mit der Schlafbrille, die sie auf die Stirn geschoben hatte, wenn sie es im Dunklen nicht aushielt. Die Kinder und der Vater standen vor dem Haus im Schnee, vor dem hellen Fenster, in dem die Gestalt der Mutter mit dem schwarzen Band über der Stirn auftauchte, und wieder verschwand. Wie eine unbekannte Fremde, die nur noch ein Zimmer im Haus bewohnte.

Judith konnte sich jetzt nicht mehr genau erinnern, was die Krankheit der Mutter ausgelöst hatte. Sie konnte sich auch nicht erinnern, wann es begann, ob sie es gemerkt hatte, dass die Mutter krank wurde. Es musste Monate gedauert haben, vielleicht sogar

Jahre, in denen die Mutter weinend in ihrem Zimmer auf- und abgelaufen, in der Küche gestanden war und sich nicht bewegte, wenn man sie ansprach. Johanna und Judith saßen am Tisch und beobachteten ihre langsamen Bewegungen, begriffen nicht, was passierte, hatten Angst, dass die Mutter ganz erstarrte. Judith erinnerte sich, wie der Vater gesagt hatte, sie denkt zu viel nach, es ist in ihrem Kopf, da hilft keine Medizin, wenn es schlimmer wird, muss sie in ein Krankenhaus. Johanna und Judith, wortlos, weil sie Angst hatten, mit dem Vater dann allein zu bleiben, mit jedem Widerspruch einen weiteren Gedanken daran bei ihm auszulösen.

Nachts legte sich Johanna zu Judith ins Bett: Hab keine Angst, wir zwei bleiben immer zusammen, versprach sie. Er kann es nicht tun, flüsterte Johanna, sie ist seine Frau. »Sein« ist ein besitzanzeigendes Fürwort, das anzeigt, wem was gehört. Man gibt nicht weg, was einem gehört.

Und wenn doch, hatte Judith gefragt und Johanna hatte gesagt: Wir bewachen sie. Jeder eine Nacht. Ich werde nicht heiraten. Ich auch nicht. Schwöre es. Du zuerst. Gemeinsam.

Als sie dann doch eingeschlafen war, träumte Judith von Johanna. Ihr Körper war mit schwarzen Verbänden bedeckt, auch das Gesicht, nur die Lippen standen offen. Sie saßen in einem Zimmer, und wenn sie sprachen, flatterten die Wörter wie Nachtfalter aus ihren Mündern und setzten sich an den Wänden fest. Judith stand immer wieder auf und schlug mit der flachen Hand nach ihnen, und Johanna lachte ständig und warf ihren schwarzen Körper auf dem Stuhl nach vorne und hinten.

Judith träumte, dass sie an der offenen Tür steht, in das Zimmer tritt, dass Johanna nicht atmet. Judith dreht sich um, sieht, wie Henrik sie beobachtet. Sie läuft auf ihn zu, er legt seinen Arm um sie, als sie das Krankenhaus verlassen. Sie sieht sich weinen. Sie reißt sich los, er läuft ihr nicht nach. Er ruft nur ihren Namen und ist dann still.

Als sie aufwachte, war es draußen schon hell.

Danach saß sie draußen im Schatten eines Baumes an der Böschung. Sie saß auf einer kniehohen Mauer; um die Mittagszeit war es der einzige Schattenplatz. Sie bewegte sich nicht, saß still in der heißen Luft und hatte aufgehört zu warten. Sie hatte die schnellen Hände der Krankenschwestern den Verband abziehen sehen, ein Arzt hatte sich ihr für ein Gespräch angeboten, aber mit der vergehenden Zeit war es ihr so unwichtig geworden wie der Zettel mit Vleutz' Telefonnummer in ihrer Tasche.

Manchmal ahnt man etwas, bevor man es weiß, aber die Ahnung ist zu schwach, um daran zu glauben, dachte sie. Als die Schwestern die Verbandstreifen von Johannas Gesicht zogen, wusste Judith, bevor sie etwas sah, dass sie es nicht sehen wollte, dass sie lieber draußen gestanden wäre, dass sie lieber gewartet hätte, lieber noch eine Tasse Kaffee getrunken hätte, ganz gleich mit wem. Und obwohl sie es wusste, glaubte sie es nicht und sah weiter hin.

Sie hatten ihr angeboten, draußen zu bleiben, bis sie mit dem Wechseln der Verbände fertig sein würden. Sie hatten sie mitgehen lassen, weil sie es wollte. Sie arbeiteten mit schnellen Bewegungen, Judith konnte kaum mit den Augen verfolgen, was passierte. Sie wünschte sich, sie zögen langsamer mit den Pinzetten den Mull ab, ließen die gelblichen Streifen langsamer in die Metallschüssel fallen, arbeiteten sich langsamer von den Beinen über den Bauch zum Kopf vor.

Es war mittags ganz still in der Hitze. Nur ein Hubschrauber flog vom See her an, drehte dann aber ab.

Als sie fertig waren, ließen sie Judith mit dem Körper allein, und vielleicht war das der Augenblick, als Judith doch zu sprechen versuchte, der Augenblick, den sie nicht mehr ertrug, von dem ihr jetzt vor dem Krankenhaus die genaue Erinnerung fehlte, wie von allen Augenblicken, die sie danach durchlebt hatte, die ihr nicht blieben, sondern zerfielen, sich aufspalteten in die Bestandteile der Zeit, sich bis in das Jetzt ausbreiteten, das da war, wie ein Fluss an dessen Ufer man steht, in den man, wenn man sich bückt, seine Hände tauchen, den man nicht überqueren kann.

Das war nicht Johanna, die da lag. Das war der Rest von ihr. Da war ein Arzt, der ins Zimmer kam, der Judith anstarrte und wieder allein ließ.

Johanna war Erinnerung. Sie war nur noch in ihr, Judith war jetzt Johanna.

Eine Schwester zog sie aus dem Zimmer in den Gang. Judith hörte sich mit dem Arzt reden. Ob sie ein Stück von ihrer Haut nehmen, ob sie ihre Haut Johanna geben könne. Sie konnte sehen, wie der Arzt sie anstarrte, ihre Brüste, ihren Bauch, und sie dachte, ich bin der Körper, der ihr ähnelt, nach meinem Körper müssen sie Johannas neu schaffen. Sie schloss die Augen, um es dem Arzt leicht zu machen, sie anzusehen, merkte nicht, dass er gegangen war.

Draußen blieb sie so lange sitzen, bis der Schatten des Baumes auf dem Asphalt über ihre Füße kletterte. Sie konnte Johanna nichts mehr sagen. Es war vorbei. Sie hätte gegen eine Wand reden können. Sie blieb mit ihrer Schuld allein. Nie würde sie vergessen, immer wieder in diese Hölle der Erinnerung stürzen, jedes Mal, wenn sie einen Mann umarmte. Nie mehr war sie gegenüber Johanna ohne Schuld. Untrennbar würde immer ihre Liebe mit dem Verrat an Johanna verknüpft sein.

Lange stand sie am See auf das Geländer gelehnt, beobachtete das Ablegen eines Dampfschiffs, das Aufschäumen des Wassers am Heck, als es sich langsam drehte. Auf dem hinteren Deck sah sie Kinder Brotstücke in die Möwen werfen, die über dem Schiff auf- und abstiegen.

Judith schaute in die Sonne, bis alles verschwamm. Das glitzernde Wasser des Sees, das Schiff, der Himmel. Sie blickte am Ufer entlang, blinzelte. Die Häuser, die rotgelben Sonnenschirme der Cafés am Ufer, die Palmen in ihren Betontrögen, die roten Schuppen der Bootshäuser lösten sich vor ihr in farbige Flächen, Flecken, die keine Verbindung mehr hatten, nebeneinander hinter ihren Augenlidern hell waberten, sich berührten, abstießen, wieder anzogen. Ihre Augen begannen zu brennen und sie hörte zu blinzeln auf, sah vor den Häusern die rotgelben Sonnenschirme der Cafés und die Palmen und die Schuppen und sie stand am Geländer und es hatte sich nichts verändert, nur das Schiff war ein ganzes Stück weiter entfernt.

Dann merkte sie, dass sie beobachtet wurde, und sie drehte sich um, weil sie nicht wollte, dass man ihr Gesicht sah, lief, die Hand am Geländer, davon. Plötzlich konnte sie nicht mehr weitergehen. Sie ertrug es nicht mehr, hier zu sein, wusste nicht mehr wohin; es gab keinen Ort mehr, an dem sie sein konnte. Sie war aus allem herausgefallen. Sie dachte an Vleutz, sein Gesicht widerte sie an, aber an das Auto, an das Fahren konnte sie denken; und dass sie dort nichts musste, nur unterwegs sein durfte, nirgends anzukommen hatte.

Sie hatte Angst, Vleutz könnte sie hier allein zurückgelassen haben und sie käme nicht mehr fort. Von der nächsten Telefonzelle rief sie an, hörte mit angehaltenem Atem, wie er zögerte.

»Bitte«, sagte sie.

Er versprach, sie in eineinhalb Stunden abzuholen.

Sie stellte das Gepäck an die Eingangstür ihres Hotels und begann zu warten. Sie lief vor der schmalen Empfangstheke auf und ab. Sie zählte die roten Streifen der Tapete über der Theke, dann die Fächer des Schlüsselbretts. Nach einiger Zeit fragte der Portier, ob es ihr etwas ausmache, sich hinzusetzen. Judith antwortete nicht. Sie lief nach draußen. Aber draußen war es noch heißer als in der schwülen Luft drinnen und sie kehrte zurück. Der einzige Stuhl war ein Plüschsessel mit Brandflecken. Judiths Finger trommelten auf die Armlehne. Der Portier sah von seiner Zeitung auf und fragte, ob er ihr helfen könne. Sie starrte auf ihr Gepäck neben der Tür und hatte plötzlich Angst, das Falsche zu tun. Sie wartete, dass die Angst nachließ, aber sie ließ nicht nach. Sie dachte: Ich darf nicht weg. Ich darf Johanna nicht allein lassen. Sie stand auf, sah, dass der Portier sie beobachtete, und setzte sich wieder hin. Sie dachte: Ich sollte jetzt bei ihr sein. Vor ihren Augen stand das Zimmer, das gestreifte Licht, das Laken, Johanna, sagte sie, sag was, Johanna. Das verbrannte Gesicht. Sie wusste, dass sie nicht zurück konnte, dass sie es nicht schaffen würde, in das Zimmer zu dem Körper zu gehen.

Aber dann kam ihr ein Gedanke und sie fragte, ob sie telefonieren könne. Der Portier stellte den Apparat auf die Theke, ohne aufzusehen. Sie haben sie aufgegeben, dachte sie. Ohne zu wissen warum, war sie sich plötzlich ganz sicher, dass die Eltern Johanna aufgegeben hatte. Sie musste mit ihnen reden. Nichts war Judith jetzt wichtiger. Die Stimme der Mutter zu hören, ihr zu sagen, was der Arzt gesagt hatte. Sie tippte die Nummer ein, sie hörte das Freizeichen. Der Arzt hatte gesagt, es sei heute alles möglich. Man könne alles neu machen, wenn jemand überlebt.

Judith hörte die Stimme des Vaters, legte erschrocken wieder auf. Während sie auf das Telefon starrte, dachte sie, es geht nicht, ich kann hier nicht weg. Ich darf sie nicht mit ihnen allein lassen.

Sie wählte, ohne den Portier anzusehen.

Es rauschte, als er abhob, seine Stimme war nur undeutlich zu hören. Sie versuchte es ihm zu erklären.

»Ich muss bei Johanna bleiben, ich habe Angst, sie allein zu lassen.«

»Du bist nur müde«, sagte Vleutz, »ich bin gleich bei dir. Dann können wir reden. Du darfst nur keine Angst haben, wenn man Angst hat, ist man verloren.«

Die Verbindung war unterbrochen, sie legte den Hörer auf das Telefon und sah hinaus. An der Glastür klebten Aufkleber der Kreditkarteninstitute. Dahinter schien immer noch die Sonne.

Alles ist möglich. Judith schloss die Augen und öffnete sie wieder. Ihr Gepäck hatte sich nicht bewegt. Den Portier fragte sie, was sie schuldig sei. Der schüttelte den Kopf. Keine Angst haben, dachte

Judith, wie einfach das wäre. Aber wir hören unsere Schritte und das Stolpern des Herzschlags als Echo davon.

Es war am späten Nachmittag noch immer heiß. Das Licht fing sich an den schuppigen Hängen hinter dem See, spiegelte sich, brannte in ihrem Gesicht, auf ihren Armen. Die Schilder hinter der Leitplanke strichen am Fenster vorbei. Er fuhr sehr schnell, das Lenkrad vibrierte unter seinen unruhigen Händen. Wie ein Kind, das artig sein will, fragte er nach Johanna.

»Nicht besser«, sagte Judith, und mit seinem Nicken schien das Thema beendet. Aber vielleicht wollte er reden, um nicht am Steuer einzuschlafen. Was sie denn mache, fragte er, wenn sie nicht bei ihrer Schwester sei. Sie schwieg, wollte nicht sagen, dass sie sich auf die Aufnahmeprüfung vorbereite. Sie fürchtete, dass es ihm lächerlich vorkam.

»Ich spiele Theater«, sagte sie.

»Wirklich«, sagte er, er könne das nicht. Er sei zu nüchtern dazu. Er hätte bestimmt zu viel Lampenfieber. »Und das Auswendiglernen«, sagte er.

Sie hatte so etwas erwartet.

Er erinnere sich, als Kind habe er auf einem Kindergeburtstag als Frau verkleidet und geschminkt werden sollen und er habe sich versteckt, nicht aus Angst, sondern weil er es dumm fand, sich zu verkleiden, er wüsste das noch genau.

Er schüttelte den Kopf und verlor sich in dieser Erinnerung.

Später erst sagte er plötzlich, er müsse in seinem Beruf auch oft Theater spielen.

Seine Stimme klang grimmig, aber sie hatte das Gefühl, dass er das nur spielte. Sie sagte, besonders schwer falle ihr das Lernen nicht und sie könne auch den Tonfall durchhalten, nur: Sie identifiziere sich mit ihrer Rolle so sehr, oder umgekehrt: Sie entdecke in ihrer Rolle immer nur sich selbst, so dass sie oft nicht mehr wüsste, was sie selber und was ihre Rolle wäre. Es käme in manchen Momenten alles zur Deckung, werde eins. Wenn sie die Maria Stuart spiele, dann sei sie nicht nur Maria Stuart, sondern Maria Stuart sei sie selbst und ihr Leben nichts anderes als die Bühne dazu, ob sie es wolle oder nicht. Sie suche nach einem Stück, bei dem sie wirklich jemand anderer sein könne.

Sie merkte, dass er nicht mehr zuhörte, und schwieg.

Er fragte, ob sie Lampenfieber habe. Sie antwortete nicht, sah an ihm vorbei auf den See. Die Segelboote dümpelten, als habe sie jemand da hineingesteckt. Das Wasser war glatt und dunkel, wie Folie, über ein Brett gespannt.

Im Verkehrsfunk hörten sie von Behinderungen nach einem Unfall.

»Das betrifft uns nicht«, sagte er, »das ist auf der anderen Seite des Sees.«

Sie sah an ihm vorbei hinaus. Vielleicht hilft es, nur einmal dabei zu sein. Zu sehen. Ein kurzer Blick aus dem vorbeifahrenden Auto. Eine Ahnung zu bekommen, einen Teil des Nichtwissens zu tilgen, einen weiteren Moment an andere Momente zu fügen. Nur um Johanna nahe zu sein.

Über den Hügeln hinter dem See hing der Himmel aufgequollen und farblos, vor ihnen stand er als dunkel nach oben gezogener Horizont. Eine unbeleuchtete Leinwand, auf der sie sich und ihn verschwinden sah.

Vleutz sagte, er hoffe noch vor dem Gewitter in München zu sein. Judith sah Anton an der Tür stehen und auf sie warten. Sie sah sich vor ihm stehen und nicht wissen, was sie antworten sollte.

Die Gewitterwand stand silbergrau über der Straße, die vom See abbog, in die Ebene und weiter nach Norden auf das Hügelland zu. Die Berge waren nicht mehr zu sehen.

Diesmal fing er an:

»Weißt du«, sagte er, als habe er ein schlechtes Gewissen, als habe er sich das lange zurechtgelegt, »das mit der Kündigung ist nur ein Bluff, ein Bluff, verstehst du? Manchmal ist es die letzte Möglichkeit, weißt du«, wiederholte er, während er langsam hinter einem Lastwagen fuhr.

»Ich dachte, es ist besser«, sagte er, »wenn ihr wisst, was auf euch zukommt.«

Er vermied es sie anzusehen, brachte den Wagen immer wieder zur Fahrbahnmitte, um zu überholen.

»Wenn wir uns einigen«, sagte er, »nehme ich die Kündigung zurück.«

Judith hörte kaum zu, verstand nicht, was er wollte, wartete nur darauf, dass er überholte.

»Wahrscheinlich«, sagte er, »war es nur ein Missverständnis meines Rechtsanwalts. Eine Kündigung kommt selten durch, die meisten Mieter sind unkündbar.«

»Ich möchte mich einigen«, sagte er nach einiger Zeit noch einmal, »gütlich einigen.«

Er lenkte den Wagen über die Fahrbahnmitte und wich zurück,

als ein Wagen entgegenkam, ganz nah an ihnen vorbeiwischte, so dass es zu spüren war. Er sieht doch, dass er nicht überholen kann, dachte Judith.

»Wenn eure Wohnung leer ist, kann ich endlich weitermachen«, sagte er.

»Welche Kündigung meinst du?«, fragte Judith, weil er nicht mit dem Thema aufhörte.

Sie sahen sich kurz an.

»Hat er nichts gesagt?«, fragte Vleutz verblüfft.

»Wer?«, fragte Judith.

Vleutz zog die Stirn in Falten, als müsse er noch einmal nachdenken.

Judith dachte: Jetzt könnte er überholen. Aber Vleutz blieb hinter dem Laster. Judith sah ihn an. Es war dunkel geworden im Auto.

»Du meinst«, sagte sie, »du hast gekündigt, um uns Angst zu machen?«

Er antwortete nicht.

»Warum machst du so was?«, fragte sie.

Er drehte das Lenkrad nach außen und zog an dem Laster vorbei. Als er einscherte, sah sie die Gewitterwand vor ihnen stehen.

Der Wind riss an den Bäumen rechts und links der Straße, schlug in Böen gegen den Wagen, wenn keine Bäume am Straßenrand standen. Dann wurde es noch dunkler und sie durchstießen unerwartet die Gewitterhaut, tauchten in den Mund, der sie in den nassen Bauch saugte, in den stürzenden Regen, der steinhart gegen die Scheiben und das Dach schlug. Er lief an den Seitenfenstern nach unten, schwemmte über die Windschutzscheibe, die Straße vor ihnen war nicht zu sehen, die Landschaft verblasster Karton.

»Fahr langsam«, sagte Judith. Die Scheibenwischer zuckten wie verletzte Schmetterlingsflügel.

»Christian, bitte«, sagte sie.

Sie versuchte sich am Sitz festzuhalten, als sie das Wasser von unten gegen den Wagen spritzen hörte. Im bleichen Gewitterlicht drehten sich die Zweige der Fichten hin und her.

»Hab keine Angst«, sagte Vleutz.

»Ich habe keine Angst«, sagte Judith.

Schon vor der Kurve waren auf der schwarzen Waldwand Blaulichter zu sehen. Als Vleutz bremste, schleuderte der Wagen nach rechts, berührte fast die Leitplanke.

»Keine Angst«, sagte Vleutz, als sie zwischen Feuerwehrautos standen, vor denen Feuerwehrmänner mit Laternen Lichtstreifen ins Dunkel strichen. Judith drückte ihr Gesicht an die Scheibe, suchte mit ihren Augen nach kaputten Fahrzeugen, aber es war nichts zu sehen. Die Straße war nur wegen Überflutung gesperrt. Nach rechts wies man ihnen die Umleitung, die zwischen Holzzäunen einen Hügel hinaufführte. Die Blitze folgten so schnell aufeinander, dass es nicht dunkel wurde. Dicht fuhren sie zwischen Häusern, von denen das Wasser über die Dachrinnen auf die Straße schoss, sich zu Tümpeln staute.

Sie blickte zu ihm hinüber. Sie berührte seinen Arm und fragte, wo sie seien. Er antwortete nicht, aber als er an einer Gabelung länger stehen blieb, die Namen auf den schmalen gelben Schildern zu lesen versuchte, gab er zu, dass er es nicht wusste.

»Käffer«, sagte er, »ich bin in so einem Kaff aufgewachsen.«

Das Schlimmste sei die Langeweile gewesen, es hätte keine Kinder gegeben, nur alte Weiber und Männer, die seien den Tag über in der Dorfkneipe in ihrem Qualm gesessen und hätten Witze gemacht, die sie selbst nicht verstanden.

»Und deine Eltern?«, fragte Judith

»Mein Vater hat in der Stadt gearbeitet«, sagte er, »aber meine Mutter wollte nicht weg. Die war glücklich in ihren Obstgärten. Sie hat auf mich eingeredet, da zu bleiben, ohne Ende. Aber ich habe immer nur daran gedacht wegzukommen.«

»Und?«, fragte Judith.

»Ich habe mich durchgesetzt. Ich wollte endlich was für mich tun. Ich glaube, da habe ich begriffen, dass es nur auf mich ankommt. Dass ich mich durchsetzen muss.«

»Und deine Mutter?«

»Ach«, sagte Vleutz und winkte ab.

Immer noch regnete es. Im Scheinwerferlicht zerplatzten die Tropfen in hellen Funken auf der Straße.

»Deswegen«, sagte Vleutz, »vielleicht ist es mir deswegen so wichtig, unabhängig zu sein.«

Judith sah hinaus. Als sie an einem Gasthof vorbeifuhren, schlug er vor, eine Pause zu machen. Auf dem Hof zwischen den Wirtschaftsgebäuden standen Autos, und als sie die Tür zu einem unbeleuchteten Gang öffneten, hörten sie Stimmen. Die Tür fiel dunkel hinter ihnen zu, es roch nach Milch und altem Holz. Judith blieb stehen und versuchte sich zu erinnern, woher sie den Geruch kannte. Aber Vleutz hatte schon die Tür des Gastzimmers geöffnet und dann saßen sie sich an einem der hinteren Tische der Gaststube gegenüber und sahen sich wortlos an. Hier, unter den Kindstaufscheiben, die zwischen dem Geweihen und dem Brett mit den Pokalen hingen, waren sie im Halbdunkel allein.

»Drecksnest«, sagte Vleutz.

Die Wirtin fragte, wo sie hin müssten, und schüttelte bedauernd den Kopf. Obwohl sie leise gesprochen hatten, hörten die Männer am Stammtisch die Antwort. Judith saß mit dem Rücken zu ihnen. Sie fand die Kindstaufscheiben schön, die Fensterbretter, den ganzen Gasthof. Es war wie ein Aufschub. Vleutz sah an ihr vorbei, hörte den Männern zu, die unterspülte und nicht befahrbare Straßen aufzählten, Orte, die nicht mehr erreichbar waren.

Es gibt bestimmt Umleitungen, sagte er ungeduldig, stand auf und ging an den Männern vorbei nach draußen. Judith sah ihn im Licht der Straßenlaterne durch den Regen gehen, der wieder stärker geworden zu sein schien. Er stieg ins Auto, suchte etwas. Wie ein Film, in dem ich gleich mitspielen darf, dachte sie.

Einer der Männer stand auf, kam herüber, beugte sich vor, als er bei Judith am Tisch stand, sagte, es sei besser, hier zu bleiben.

Als Vleutz ihr wieder gegenübersaß, sagte er:

»Sie haben ein Zimmer hier. Ich glaube, wir haben keine Wahl.«

Das Bett war so breit wie das Zimmer. Und so lang, dass nur ein schmaler Spalt zwischen Fußende und den stumpfen Furniertüren des Schrankes blieb, durch den sich Vleutz zum Fenster zwängte.

Die Bettdecken wölbten sich als Vorgebirge vor den Kissen, die zur Wand hin anstiegen. An der verblichenen Tapete hing ein Druck von gefalteten Händen in Gold.

Vleutz sah hinaus, als sie sich auszuziehen begann.

Im Bett hörte sie, wie er sich die Kleidung von der Haut streifte. Sie lag ohne sich zu bewegen, wartete, dass er etwas tat, hörte den Regen in der Dachrinne, das Rauschen, das draußen in den Bäumen hing und an das Meer hätte erinnern können, wenn es wärmer gewesen wäre.

Sie dachte an Johanna und wie es wäre, nichts zu hören, und sie zog ihre Hände langsam nach oben, um sich die Ohren zu verschließen, ganz langsam, damit er nichts merkte. Aber sie berührte dabei doch seinen Körper. Er drehte sich um, starrte sie an. Sie sah in sein Gesicht, dachte an nichts anderes, als wie es wäre, von ihm geküsst zu werden und ließ sich zu ihm ziehen, in seine Arme, in deren Haut sie den Kopf steckte.

Als sie aufwachte, war es noch Nacht. Er stand am Fenster und telefonierte. Er sprach so leise, dass sie kaum verstand, was er sagte. Das Licht fiel von draußen auf seinen Oberkörper, der wie ein Torso im Raum hing. Sie hörte, dass er morgen wieder angerufen werden wollte und dass er nicht käme, sei vorsichtig, sagte er, beobachte das Haus, lass es nicht aus den Augen, ruf die Arbeiter, sie sollen zu Haus bleiben, passt auf euch auf, sagte er und legte das Telefon neben das Bett auf den Boden. Seine Haut war kalt, als er sich wieder an sie drückte. Judith versuchte gleichmäßig zu atmen, als schliefe sie fest und hätte nichts gehört.

Bevor Anton die Tür schloss, sah er sich noch einmal um, wollte die Bilder in seinem Kopf einschließen. Er prägte sich die Farbe der Lichter, das quer im Raum stehende Bett, die Form des Kleiderständers ein. Die Farbe der Tapete und das Wasser, das noch immer über die Fensterscheibe lief.

Er prägte sich ein, wie er sie eine halbe Stunde zuvor geöffnet hatte, um alles, was er in diesem Zimmer erlebt hatte, für immer als Erinnerung festzuhalten. Wie die Frau zum Fenster gegangen war, gefragt hatte, ob sie es schließen sollte. Nein, hatte er gesagt, war noch immer an der Tür gestanden, hatte das Gewitter gehört, den Donner, der an diesem Abend in die Stadt rollte, langsame Wellen, die sich an den Häusern brachen, in der Luft zusammenschlugen. Später kniete er vor ihr, spürte ihre Haare an seiner Stirn, als er sich nach vorne beugte, den Mund öffnete. Er legte den Kopf zurück, sah über sich das hochgeschobene Kleid, den hellen Fleck ihres Gesichts.

»Was ist«, fragte sie.

»Nichts«, sagte er.

Er war auf der Suche nach den Skulpturen durch das Haus gelaufen, zuerst in die eigene Wohnung, in den Hinterhof, hatte in der Dunkelheit zwischen den Baumaschinen und im Schuppen geschaut. Er hatte das Siegel vor der Kellertür aufgebrochen und war die schmale Treppe hinabgestiegen, doch er fand nichts zwischen den Stützpfeilern.

Er rüttelte an den verschlossenen Wohnungstüren, stieg langsam wieder nach oben. Vielleicht habe ich mich doch getäuscht, dachte er, es war viel zu dunkel, ich hab's mir nur eingebildet.

Aber das Speicherabteil war fort, und als er sich bückte, erkannte er zwischen dem Schutt porige Stücke des hellen Tons. Er blieb stehen und überlegte immer noch im Unglauben, mit dem er alle Ahnungen zu überdecken suchte, wo Vleutz die Skulpturen hingebracht haben konnte.

Suchend blickte er durch den Speicher, aber er sah nichts außer den starrfingrigen Kaminen, nichts. Rote Fetzen seiner Skizzenblöcke lagen im Schutt und als er sie herauszog, erkannte er die Entwürfe der Figuren. Er schleuderte sie zu Boden, begann mit bloßen Händen im Schutt zu wühlen. Die Splitter rissen an seinen Händen die Haut auf, er kümmerte sich nicht darum, zog faustgroße Tonstücke heraus, hoffte noch einen Torso zu finden, ein Stück, an dem sich weiterarbeiten ließe. Schweiß tropfte aus seinem Gesicht zwischen die Hände, die immer neue Bruchstücke ausgruben. Er schrie jetzt, riss eine Holzlatte hoch und schlug sie gegen die Kamine, bis sie zerbrach. Er stand wieder still, rührte sich nicht und spürte nur nach dem Schmerz in seinen Händen und Armen, seinem Gesicht. Er stürzte zur Kreissäge und warf sie um, stand wieder ganz starr. Jetzt wusste er, was er zu tun hatte. Jetzt sofort. Hier oben würde er beginnen. Er lief zum Gerüst, rüttelte an den Stangen, bis er hörte, dass in den Stockwerken unter ihm die Planen gegen das Haus schlugen. Er schrie wieder seine Wut über das Dach, trat gegen die Querstangen des Gerüsts, bis sie scheppernd aus den Halterungen sprangen. Neben den Trittbrettern löste er die Scharnierstangen, eine nach der andern, bis er sah, dass jemand im gegenüberliegenden Haus ans Fenster trat. Er zögerte, bekam Angst, drehte sich weg, lief geduckt zur Treppe, nach unten in die Wohnung zurück und begann sich dort zu betrinken.

Am nächsten Morgen, als er mit schwerem Kopf aufstand, hatte er das Gefühl, alles verloren zu haben.

Flüchtige Skizzen waren die Bilder von Johanna, die an der Wand lehnten. Bedeutungslos im Vergleich mit den Skulpturen. Er hatte ein Jahr verloren, er würde ein weiteres verlieren, weil er sich nicht bewerben konnte. Er wusste, dass er die Figuren nicht mehr neu schaffen konnte, dass sie immer nur ein Abglanz der ersten, unvollendeten bleiben mussten. Dass er niemals die Kraft aufbringen konnte, noch einmal zu beginnen.

Es war ihm egal, was aus ihm werden würde. Er sah sich vor Gericht stehen, er hielt Verteidigungsreden, in denen er bewies, aus Notwehr gehandelt zu haben.

Vleutz töten, dachte er. Er hörte die Tauben mit ihren Krallen auf dem Gerüst kratzen.

Vleutz töten. Warten, bis er im Treppenhaus nach unten geht. Ihm folgen. Warten, bis er die Schiebetür aufdrückt. Warten, bis er durch den Vorraum zur Kellertreppe gelangt. Ihm in den Vorraum folgen, wenn er auf der Kellertreppe im Dunklen hinabsteigt. Mit schnellen Schritten hinter ihm sein, zustoßen, während er sich umdreht, so dass er das Gleichgewicht verlieren muss und zwischen dem ausgeschachteten Kies zu liegen kommt. Warten, bis es regnet, so dass es niemand hören kann. Neben ihn treten und aus dem Haufen einen größeren Stein auswählen. Ein Streichholz entzünden, um zu sehen, wo die Schaufel steht. Vleutz eingraben. Aus einem Zement- oder Mörtelsack den Kieshaufen bestreuen. Wasser darübergießen. Die Schiebetür mit einem Draht und einem Vorhängeschloss sichern. Sagen, man habe Vleutz schon mehrere Wochen nicht gesehen, sei aber nicht unglücklich darüber.

Vleutz töten. Im Gang oder auf dem Dach. Während die Kreissäge läuft. Ein Racheakt anderer Spekulanten oder eines Arbeiters, den er nicht bezahlt hat. In einer leer stehenden Wohnung auf ihn warten, mit einer Axt warten, bis seine Schritte zu hören sind, an den Mauern hallen, deren Haut er abgeschlagen hat. Im Rhythmus der Schritte die Axt heben. Langsam den Griff fester fassen. Die Axt im Dunklen rechts über die Schulter nehmen, bis der Schatten des Körpers, schließlich der Körper so nah ist, dass der Atem zu hören ist. Die Augen schließen und die Hände in einer schnellen Bewegung vorantreiben, bis die Klinge auf Widerstand stößt. So würde er sich rächen. Und er konnte ihm dabei gegenüberstehen. Vleutz töten. Und wenn es das Letzte ist, was ich tue, dachte Anton.

»Was ist?«, fragte die Frau.

»Nichts«, wiederholte er und bewegte sich nicht.

»Komm«, forderte sie ihn auf, berührte sich, öffnete ihren Mund.

Es begann zu regnen. Sie stand auf und schloss das Fenster. Anton wartete. Warum stand sie ohne zu fragen auf, vielleicht wollte er das nicht. Er hatte bezahlt, sie gehörte ihm.

Der Regen schlug gegen das Fenster, und er beobachtete sie genau, als sie sich auf das Bett legte. Sie sah zu, wie der Regen in schmalen Bahnen nach unten lief. Anton legte sich auf sie. Sie darf nicht zusehen, dachte er, ich habe nicht dafür bezahlt, dass sie den Regen anschaut.

Später lief er die acht Stockwerke durch das Treppenhaus nach unten, um nicht im Fahrstuhl still stehen zu müssen. Es geht auch ohne Johanna, dachte er und ließ die Erinnerung an das Zimmer, das er gerade verlassen hatte, wieder in seinem Kopf abrollen.

An der Glastür blieb er stehen und sah hinaus. An seinen Händen klebte noch der Geruch der Frau. Er hielt die Hände vor sein Gesicht, während er über den Parkplatz zur U-Bahn rannte.

Unten sah er, dass kein Zug mehr fuhr. Er wollte wieder hinaus, aber oben regnete es so stark, dass das Wasser vom Sperrengeschoss bis hierher die Treppen herunterrann.

Unschlüssig ging Anton zum Ende des Bahnsteigs, wo der letzte Zug im Dunkel verschwunden sein musste. Neben den Gleisen lief ein schmaler Plattenweg. Anton sah sich um, er war allein. Er schaute ins Dunkel, noch einmal suchte sein Blick den Bahnsteig ab, dann öffnete er die Klappe des Geländers und stieg die Metallleiter zu den Gleisen hinunter.

Nach wenigen Metern war es dunkler, als er gedacht hatte, und er streckte einen Arm aus, um mit gekrümmten Fingern die Wand zu spüren. Er hielt den Atem an und horchte. Er hörte nichts und ging weiter. Als er noch einmal stehen blieb, konnte er die Stille hören. Die Stille war das feine Rauschen eines langsamen Flusses, von nichts unterbrochen.

Er meinte jetzt mehr oder zumindest genauer zu hören, konnte nun auch einige Meter weit sehen, die dunklen Holzschwellen vom Schotter unterscheiden. Er hielt sich, ohne auf die Gleise zu treten, an den Stromkästen fest, wenn er sich an ihnen vorbeidrängte.

Der Weg stieg leicht an, und nach einer Biegung sah er plötzlich weit hinten Licht. Er blieb stehen, lauschte ob da jemand war, meinte, Stimmen gehört zu haben. Aber es war ein Rauschen, anders als zuvor, ein feiner Wind, der die Wand entlangstrich, sich an den Leitungen, Betonvorsprüngen fing, verwirbelte und an Anton vorbei weiter durch den Tunnel gedrückt wurde. Er sah sich um, ob ein Zug kam, aber hinter ihm lag der Gang dunkel und still. Anton wagte nicht länger stehen zu bleiben. Er hörte jetzt das Geräusch auch, wenn er ging. Es war kein Geräusch. Es war ein Schwingen, das alles erfasste, das von einer anderen Bewegung stammen musste, die an einem anderen Ort in diesen Schächten stattfand, die nichts mit ihm zu tun hatte, ihn nichts anging, keinen Einfluss auf ihn hatte. Trotzdem störte es ihn, weil er nicht sicher war, ob das stimmte.

Er stand jetzt kurz vor den Treppen im Dunkel und schaute hinauf ins Licht. Er wollte nicht hoch, aber er konnte auch nicht unten bleiben, und als er niemanden sah, kletterte er nach oben, schlenderte den Bahnsteig entlang, an den Rolltreppen vorbei, als wäre nichts geschehen, als könnte er noch nicht glauben, den letzten Zug versäumt zu haben.

Als er das andere Bahnsteigende erreicht hatte, blieb er vor der Schranke stehen. Dahinter verschwand der Weg im Dunkel. Anton zögerte. Was wäre, wenn ein Zug käme. Er würde sich mit dem Rücken an die Wand stellen, die Augen schließen und sich vom Fahrtwind gegen die Wand drücken lassen. Die Lichter flackerten hinter seinen geschlossenen Lidern, bis es wieder dunkel wäre. Im Lichtbogen der nächsten Station sähe er die U-Bahn halten, das ruhige Rot der Rücklichter, die Lautsprecherstimme, zuschlagende Türen. Er stellte sich vor, dass er mit der Zeit ganz ruhig die Züge erwarten würde. Dass er sich mit dem Rücken oder dem Bauch an die Wand drückte. Dass er die Augen nicht mehr schloss, den Atem nicht mehr anhielt. Dass er wartete. Auf das Brennen, wenn sie vorbeischossen, auf die Leere und Gedankenlosigkeit, wenn er sich von der Wand wieder gelöst hatte und den Lichtern nachsah. Momente, in denen es nur wichtig wäre, zu atmen.

Er öffnete die Schranke, lief weiter durch das Dunkel. Das Rauschen nahm weder zu noch ab. Am Bahnsteig hatte er es nicht gespürt. Es schien nur hier im Dunkeln zu sein. Wind, der hier unten gefangen war und zwischen den Stationen trieb.

Anton lief von Station zu Station. Einmal glaubte er jemanden lachen zu hören, aber er hatte sich getäuscht. Seine Augen brannten, seine Füße traten immer häufiger zwischen die Schwellen auf die kantigen Steine.

An einem Notausgangsschild überquerte er die Gleise und stieg in einem Schacht eine Treppe nach oben, fand eine Tür, vor der er stehen geblieben horchte. Als er nichts hörte, drückte er die Klinke und sah hinaus in einen blaugekachelten Gang, der zu den Rolltreppen hinauf ins Freie führte.

Im Regen zog er die Jacke über den Kopf, achtete nur auf seine Schritte. Schaumig stand das Wasser in breiten Pfützen über den Gullys, floss nicht ab.

Doch kurz, bevor er zu Hause war, musste er stehen bleiben: In den Schaufenstern der Geschäfte und den Fenstern der Häuser zuckten Blaulichter.

Sie hatten die Straße schon vor der Kreuzung abgesperrt. Hinter dem rotweißen Band warteten zwei Polizisten. Anton wechselte die Straßenseite, aber er war noch zu weit von der Kreuzung entfernt, um etwas erkennen zu können. Er überlegte, ob er einfach unter dem Band durchtauchen, einfach dahinter weitergehen sollte. Dann sah er, dass auf der Kreuzung ein Krankenwagen rangierte. Er fuhr rückwärts mit geöffneter Tür in die Straße hinein. Die Kreuzung war wieder leer. Von den Mützen der Polizisten tropfte das Wasser. Sie bewegten sich, sie gingen langsam in seine Richtung.

Anton versuchte ihren Blicken zu entgehen, schaute vorbei. Dennoch kamen sie näher, ohne Eile.

»Sie können nicht durch«, sagten sie. Das Gerüst sei zusammengebrochen, es läge alles auf der Straße.

Anton starrte sie an. Er sah sich gegen das Gerüst treten und er hörte die Planen gegen das Haus schlagen und sah den Mann im Haus gegenüber am Fenster.

»So einfach bricht kein Gerüst zusammen«, sagte einer der Polizisten, und dann fragte er, ob Anton hier wohne.

»Was?«, fragte Anton, dann hatte er begriffen, was gemeint war, und er schüttelte schnell den Kopf.

»Gehen Sie bitte weiter«, sagte der Polizist, und Anton hörte auf den Kopf zu schütteln und nickte. Die Polizisten drehten sich weg. Anton ging rückwärts, um die Polizisten nicht aus den Augen zu lassen. Erst an der Straßenecke drehte er sich um, zwang sich langsam zu gehen, obwohl der Regen stärker fiel. Dann begann er zu laufen, obwohl er wusste, doch nicht entkommen zu können. Wenn sie mit Vleutz sprechen, wird herauskommen, dass ich es war, dachte er. Vleutz hat Judith als Alibi, dachte er. Ich muss ihm zuvorkommen, dachte er, achtete nicht auf Pfützen, auf das Wasser, das aus offenen Dachrinnen über den Gehsteig sprudelte, lief weiter, bis er die Treppe zur U-Bahn, das Sperrengeschoss und die Metalltür erreicht hatte.

Im grünlichen Dunkel der Notlichtbeleuchtung wartete er, bis er sich beruhigt hatte. Für heute war er sicher. Er kauerte sich in eine Nische unter den Treppenabsatz. Anton hatte nur eine Chance: Vleutz töten, bevor der mit der Polizei sprechen konnte. Aber um nachzudenken, wie ihm das jetzt gelingen konnte, fehlte ihm die Kraft und er lehnte seinen Kopf an die Wand.

Als er erwachte, war es immer noch dunkel und er wusste nicht, wie spät es war. Seine Hände waren schmutzig und geschwollen. Ich muss ihn erwischen, dachte er, ich habe keine Wahl.

Nachdenken, dachte er, ich darf keinen Fehler machen.

Er versuchte sich zu konzentrieren. Er brauchte eine Waffe, mit der niemand rechnete. Er durfte sich nicht zu lange oben aufhalten und es musste ein Geschäft sein, zu dem seine Spur nicht leicht zurückzuverfolgen war. Also kein Baumarkt oder Werkzeugladen. Kein Supermarkt, keine Tankstelle. Es musste etwas Besonderes sein. Etwas völlig Abwegiges. Anton überlegte, welche Stationen an der U-Bahn-Linie lagen, und als er aufstand, wusste er, wie er es machen musste. Er würde einfach sagen, er bräuchte das Beil für eine künstlerische Aktion.

Er lief die Gleise entlang nach Süden. Wenn ein Zug kam, drückte er sich in die Nischen neben den Schaltkästen. Manchmal gab es einen Weg zwischen den Säulenreihen, auf dem er von den Zugführern der entgegenkommenden U-Bahnen nicht gesehen werden konnte. Trotzdem schloss er die Augen, wenn die Lichtbänder auf ihn zuschossen, unter ihm durchzogen, über seinen Körper riffelten.

Er hatte schon fast die Station erreicht, als er vor sich im Streulicht der Signale Leuchtstreifen sah. Es waren die Umhänge von Gleisarbeitern, die an einer Seite des Tunnels standen, vorne, wo der Mittelgang unterbrochen war. Sie beugten sich über eine Weiche und bewegten sich kaum. Anton beobachtete sie, bis ein Zug kam, die Umhänge im aufkommenden Fahrtwind an den Männern aufflatterten. Immer stärker wurde der Wind, riss an ihnen, bis sie in die Mitte zwischen die Gleise sprangen, während das Licht der Waggons schon über ihre Gesichter schlug.

Anton duckte sich hinter einen Pfeiler. Als seine Knie steif wurden, hockte er sich auf den Schotter. Die Pfeilerreihen endeten wenige Meter vor ihm. Dort kam er nicht an den Arbeitern vorbei.

Anton entschloss sich zu warten. Aber er konnte nicht erkennen, ob sich die Arbeiter entfernten oder näher kamen oder einfach weiter dort standen. Seine Augen suchten einen Nebenstollen, in dem er sich verbergen konnte, aber er fand nichts. Als er seinen Blick wieder nach vorn richtete, merkte er, dass sie auf ihn zukamen, dass sie ihn entdecken würden, sobald sie die Säulenreihen erreicht hätten.

Ohne gesehen zu werden, konnte er nicht mehr weglaufen. Seine Finger lagen flach auf dem Beton. Wenn ich mich wegträumte, dachte er. Die Schritte näherten sich. Wenn ich mich ganz dünn machen würde, ausatmen, bis nichts mehr in mir wäre, nicht einmal mehr Atem. Die Arbeiter reden, sind beschäftigt, bemerken mich nicht, wenn sie an mir vorbeigehen.

Aber mit jedem ihrer Schritte verkürzte sich die Entfernung.

Wenn ich aufspringen und laufen würde, immer weiter, zum nächsten Bahnsteig, wo ich im Licht nicht mehr zu sehen bin. Wenn ich mich aufspannen könnte, zwischen den Säulen wie eine Haut. So fein, dass sie niemand sieht, dass sie nichts verdeckt und nichts zeigt, die so dünn wäre, dass jeder hindurchgehen könnte und sich nur über das Gesicht wischen würde.

Langsam drückte sich Anton um die Säule, hinter der er stand, hockte neben den Gleisen, drückte sein Gesicht an den Pfeiler, merkte, dass er leicht zu schwingen begann. Die Steine auf dem Boden zitterten ebenfalls an seinen Fingern. Licht flirrte über die Tunnelwände, die Männer kamen näher, ihre Schritte waren nicht mehr zu hören im Wind, der immer stärker durch den Tunnel trieb.

Anton sah den Zug, vor dem er auf den Gleisen hockte, im Tunnel näher kommen.

Jetzt, dachte Anton.

Der Zug schoss ihm entgegen. Anton drückte sich ab, sprang über die Gleise auf die gegenüberliegende Wand zu. Zwei Schritte brauchte er, schlug mit ausgebreiteten Armen an die Wand, machte sich ganz flach, während die U-Bahn an ihm vorbeischoss. Schmerz zog von den Handballen ins Gesicht, blieb dort, als er flach an die Wand gedrückt wieder atmen konnte.

Zuerst wagte er nicht, sich umzudrehen, dann sah er hinten im Dunkel zwischen den Säulen die Leuchtstreifen an den Umhängen der Arbeiter schimmern.

Das Feuchte an seinen Händen und im Gesicht war Blut. Er versuchte, es abzuwischen, aber er verschmierte es nur. Bis er wieder ganz ruhig war, blieb er noch sitzen, dann hörte er den nächsten Zug. Anton merkte, wie er zitterte, und drückte sich zwischen den Säulenreihen auf dem Plattenweg an einen Pfeiler.

Oben regnete es. Fein und unentschieden, so dass es nicht einmal ausreichte, um den Staub und das Blut aus Antons Gesicht zu waschen. Und zwischen den Wolken hing schon wieder das Blau, als er die Mauer erreichte, eine schmutzig graue Mauer, und an ihr entlang, immer weiter, zum Tor des Schlachthofs ging. Tor 4 stand auf der langen Eisenblende, aber das Tor war zu. Anton blickte zwischen Zarge und Tor durch den Schlitz auf den breiten Hof, der leer stand. Flach duckten sich Schuppen vor dem großen gelben Verwaltungsgebäude mit der Aufschrift »Südfleisch«. Tor 4, das heißt, es gibt noch andere Tore, also weiter, so stark regnet es ja nicht, es könnte regnen wie es wollte. Ein Stück hinter Tor 4 waren Fenster in der Mauer und Anton sah zwischen Gitterstäben in Ställe, in dampfiges Dunkel, wo schwarzbraune Leiber nebeneinander still warteten, fast ohne sich zu rühren. Nur die Ketten, die Ringe und Beschläge klirrten, wenn sie den Kopf zurückwarfen. Und der Geruch war da, den sie mitgebracht hatten, der ihnen geblieben war. Ob sie sich erinnern, woran, und was sie wissen, wahrscheinlich nichts, das

Strohdunkel, von der Sonne geblendet, wenn sie herausgeführt werden, wer schaut zu, wie sie einsteigen, ohne sich zu wehren, nur manchen ist es unheimlich, die Schräge, die sie nach oben sollen, weil sie es nicht kennen, nur deshalb, Erinnerung, tägliches Hin und Her, die Wege ohne Schmerz, bei jedem Wetter, bis zum Winter, bis Schnee fällt, in die Augen, die im Dunkel der Tierbuchten leuchten, fiebrig noch vor dem Morgen, wenn sie von der ersten Schicht, eins nach dem anderen, eins nach dem anderen, in die Halle gebracht werden, wo man ihnen das Blut auslässt, das in Rinnen schießt und abläuft, in Kesseln dampft, sich sammelt und ausgestoßen wird, als Wolke, die aus den Knochenkesseln steigt, Blutwolke, die sich nicht abregnet, sich als dünner Film auf die Straßen, auf die Häuser, auf die Fenster legt, auf die Haut der Hände, des Gesichts.

Anton schüttelte sich, hob die Hände, sie rochen nach Gummi und Staub. Die Angst, dachte er, riecht man nicht. Tor 3 oder Tor 5, das muss ja irgendwann kommen.

Dann sah er eine lange Reihe von Viehlastern, an denen er noch vorbei musste, und vorne, da stand etwas offen, da war die Mauer zu Ende, da komm ich rein. Anton stand vor der Schranke, die sich zum Pförtnerglaskasten spannte. Dahinter ein Anhänger mit drei Kühen, der war wohl gerade durch. Anton beobachtete ihn nicht weiter, ging auf den Glaskasten zu, blieb stehen und schaute dann erst zurück. Auf dem Anhänger mit den braunen Leibern sah er, wie sie die Köpfe hochrissen, sah die Augenbinden, wie Verurteilte standen sie, blind, damit sie den Schlachter nicht sehen konnten, bevor sie tot tot tot sind, wortloses Warten auf das Kommando im Hof. Die Würde des Viehs ist unantastbar, aus den Mäulern tropfte der Schleim. Sie knabberten an den Metallrändern des Anhängers, der Regen nässte das Fell, Anton schaute weg. Er strich sein nasses Haar nach hinten, sah im Glas des Pförtnerkastens noch einmal die Delinquenten gespiegelt und sein Gesicht davor.

Er fragte den Alten, der sich zu den Luftlöchern in der Scheibe vorbeugte, wo es hier etwas zu kaufen gäbe.

»Hier gibt's nichts zu kaufen«, pfiff der Pförtner durch stumpfe Zähne, lehnte sich wieder zurück, beugte sich vor, sprach ein Gnadenwort:

»Sie müssen in eine Metzgerei.«

Anton schüttelte es mit seinem Kopf ab:

»Ich brauch kein Fleisch. Ich brauch Geräte«, sagte er.

»Was für Geräte?«

»Metzgergeräte«, sagte Anton.

Aber der Alte winkte ab: »Das gibt's hier nicht. Da gibt's nur in Spezialgeschäften.«

»Danke«, sagte Anton, stand da. Als hätte man ihm eins übergezogen, einen Schlag mit einem Vierkantholz versetzt, oben, zwischen den Augen, so fest, dass man es gar nicht spüren kann, bevor man umknickt. Dann ging er aber doch weiter, weil er nicht auffallen wollte, trieb an der Mauer entlang, war selber das Holz, das sich drehte und wendete und nicht vorwärts kam. Er drehte, er wendete sich, vorn tauchte schon die Straße unter der Eisenbahnbrücke weg, da kam nichts mehr. Die Umgehungsstraße, Stadtautobahn, der Ring, er musste umkehren, er hatte keine Wahl. Zurück fragte er den Pförtner, wo es denn solche Geschäfte gebe.

»Ja«, sagte der, »das ist nicht weit, da vorne, hier überall«, er müsse nur schauen; das sei ja die Gegend hier für so was.

Zwei Straßen rechts, dann stand Anton davor, sah in den Auslagen Fleisch und auf der anderen Seite der Tür das, was er brauchte: Schneidegeräte, Fleischwölfe, Waagen, dahinter Messer und Beile in kleinen und großen Größen.

Anton musste warten, bis die Kunden gegangen waren, hoffte, dass keine neuen eintraten. Er betrachtete mit dem Rücken zur Theke die Senfgläser und Gewürzgurken, Fonduesoßen und Paprikadosen. Ich hab ja Zeit, beruhigte er sich, ich kann warten. Aber er merkte, dass die Verkäuferinnen ihn beobachteten, als hätten sie Angst, dass er sich was einsteckte. Sollen sie doch ihre Arbeit tun, dachte Anton, aber trotzdem verunsicherten ihn ihre Blicke. Dann waren die Kunden gegangen, er war mit den Verkäuferinnen allein, dachte, was ist schon dabei, werde ja nicht der Erste sein.

Noch einmal schaute sich Anton um, ob die Ladentür auch wirklich zu war, ob ihn niemand durch das Schaufenster von draußen beobachtete. Als er sich nach vorne wendete, erblickte er im Glas der Theke zwischen Schweinsfüßen und Kalbsköpfen ein Gesicht, das er mit dem Blut, dem krustigen Dreck und schmierigen Staub nicht gleich als seines erkannte. Als er den Kopf hob, sah er in die entsetzten Gesichter der Verkäuferinnen.

»Ich hätte gerne ein Beil«, sagte Anton so leise, dass er es selber kaum hörte.

»Ein Beil«, wiederholte die Verkäuferin vor ihm ohne den Blick abzuwenden. Als sei etwas eingetroffen, von dem sie immer geahnt hatte, dass es käme.

»Ein Beil«, sagte Anton, seine Mundwinkel zuckten, das ziepte an der Haut, der Staub in seinem Gesicht war wieder trocken.

»Für was?«, fragte sie und sah flehend zu ihrer Kollegin, als wollte sie es gar nicht wissen.

»Für Knochen«, sagt Anton zögernd.

»Was für Knochen?«, fragte sie, während sie ihren Kopf schüttelte, als würde sie zittern. Als Anton das sah, wollte er schon wieder gehen, es einfach woanders versuchen.

»Für dicke Knochen«, sagte er. Die Verkäuferin wich einige Schritte zurück und zog – ohne sich umzudrehen – eine Schublade hinter sich auf, ließ den Blick nicht von Anton, während sie ein Beil herausholte, dessen Schneide am Plastikgriff kleiner als ihre Hand war.

»Reicht das für große Knochen?«, fragte Anton.

Die Verkäuferin bewegte sich erst nicht, bückte sich dann doch, zog langsam aus einer Schublade ein schweres Beil mit Holzgriff. Anton streckte die Hand aus, aber die Verkäuferin hielt es an ihren Körper gepresst.

»Kann ich mal«, fragte er und beugte sich zur Theke vor, bis sie ihm das Beil ließ. Mit der Schneide voran legte sie es auf die Theke und rettete sich mit einem Satz zu ihrer Kollegin.

»Der blutet ja jetzt schon«, hörte Anton, während seine Finger über den Griff tasten.

»So dreckig wie der ist. Wenn der zuschlägt.«

»Dem verkauf ich nichts.«

Anton hörte sie reden. Es konnte ihm egal sein, oder? Vielleicht sollte er einfach abhauen mit dem Beil. Oder fragen, was es kostet.

»Willy«, schrie die Verkäuferin.

»Herrgott«, hörte Anton jemanden von hinten, dann schwang die Metalltür zum Laden auf, jetzt hab ich mich geschnitten, Sauerei, schrie Willy und lief hinter der Theke auf die Frauen zu: »Was ist denn, Herrgott?«

An seinem Kittel klebte das Blut des ganzen Metzgertages, er streckte die Hand aus, hob seinen Daumen in die Höhe, von dem es rot herabtropfte.

»Du blutest ja alles voll«, schimpfte die eine auf den Metzger. Der fand neben dem Fleischwolf einen Lappen und drückte seinen Daumen hinein. Die Verkäuferin deutete auf Anton:

»Der will ein Beil«, flüsterte sie.

»Ja und«, schrie Willy, »ich brauch ein Pflaster.«

Er riss eine Schublade nach der anderen auf.

»Ja schau doch, wie der ausschaut.«

Dem Willy fiel der Lappen auf den Boden:

»Des ist doch mir wurscht.«

Ohne Anton angesehen zu haben, bückte er sich.

»Wenn der jemandem was antut«, sagte die Verkäuferin.

Willy tauchte neben ihr auf, der Lappen schwang an seiner Hand wie eine Fahne: »Das ist Sache der Polizei«, sagte er, »die müssen das ermitteln.«

»Und wenn er hier im Laden anfängt?«

»Pack's halt ein. Bis er es ausgewickelt hat, ist die Funkstreife da«, sagte Willy und schaute jetzt über die Theke Anton an.

»Sie haben sich im Gesicht geschnitten«, sagte er, als er das Blut in Antons Gesicht sah.

»Ich weiß«, sagt Anton.

»Für was brauchen Sie denn das Beil«, fragte die Verkäuferin, halb hinter Willy stehend, vorsichtig.

»Für«, Anton zögerte noch, ob er es wirklich sagen sollte, »für eine künstlerische Aktion«, sagte er dann schnell.

»Der ist gemeingefährlich«, sagte die andere Verkäuferin und verschwand nach hinten.

»Was heißt gemeingefährlich. Von mir aus kann er Gedichte damit schreiben«, schrie ihr Willy nach.

»Ja so«, sagte die Verkäuferin, »reicht Ihnen denn die Größe?«

»Ich glaube schon«, sagte Anton.

»Und schaun's her«, sagte Willy und zog ein langes Messer heraus, »12 Zentimeter mit leichtem Druck, Haut, Knorpel, Sehnen, kein Problem.«

»Ja«, sagte Anton.

»Zwei Jahre Garantie«, sagte Willy, »im Angebot.«

»So lange brauch ich es nicht«, sagte Anton.

»Aber ohne Rückgaberecht«, sagte Willy, »leider. Und was für ein Fleisch?«

»Wieso?«, fragte Anton.

»Sie werden doch für die Aktion Fleisch brauchen, oder? Das werden Sie sich doch nicht auf der Straße fangen wollen, oder?«

»Nein«, sagte Anton, »nein nein.«

»Also eben«, sagte Willy, »Schwein ist im Angebot, das ganze Tier für drei Mark das Kilo.«

Er zog aus einem der bodenlangen Schränke einen Haken, an dem eine Schweinehälfte herausschwenkte. Der Lappen fiel von Willys Daumen, Willy strich über die feine rosa Haut, am geöffneten Körper entlang, sein Finger hinterließ eine rote Spur, die fast nicht zu sehen war.

»Schnittwunden«, sagte Willy, »bis die verheilt sind. Wir liefern frei Haus«, sagte Willy, »selbstverständlich frei Haus.«

Und Anton sah zu, wie Willy das Schwein auf die Waage warf. Dann zahlte er wortlos. Das Beil war teurer, als er gedacht hatte. Aber das Geld reichte. Und draußen blickte er an den Häusern nach oben. Es gab kein Zurück. Er musste es jetzt tun.

4. Kapitel

Als sie aufwachte, sah sie am Fenster nasses Laub kleben, das das Gewitter von den Zweigen gerissen hatte.

Ich werde so tun, als sei nichts geschehen, als hätten wir uns gerade kennen gelernt, dachte sie und sah in den weißen Himmel zwischen den Blättern.

Schöner aber wäre es, nicht mehr aufstehen zu müssen, dachte sie. Mit ihm oder ohne ihn. Sich um nichts kümmern zu müssen.

Es war ihr gleich, ob er neben ihr lag, ob sie mit ihm geschlafen hatte oder nicht und was er davon hielt.

Hilflos sah er aus, im Schlaf neben ihr.

Sie betrachtete ihn und überlegte, ob sie gehen sollte. Sie sah sich an einer Bushaltestelle unter einem schmalen grüngelben Schild warten, später in den fast leeren Bus einsteigen.

Bevor sie sich zu ihm drehen konnte, stand er schon neben dem Bett und suchte nach seiner Kleidung.

»Ich kann nicht nach München fahren«, sagte er.

Sie wartete auf eine Erklärung, aber er blickte zum Fenster hinaus.

»Es tut mir Leid«, sagte er, »es kommt manchmal anders.«

Judith setzte sich auf und zog die Bettdecke um ihre Schultern, ärgerte sich, dass er den Grund nicht nannte, spürte dann aber seinen Blick, drehte sich langsam zu ihm.

»Weißt du«, sagte er unsicher, »wenn du willst. Du kannst ja mitkommen.«

Was soll ich dort, dachte sie.

»Vielleicht tut es dir gut. Ein oder zwei Tage Ruhe. Anton kann warten.«

Judith schüttelte den Kopf. Natürlich kann Anton warten, dachte sie.

»Es wird dir gut tun«, sagte er bestimmt und es klang, als ob sie zusammengehörten, und Judith wusste nicht, was sie dagegen sagen sollte. Sie zog sich an, ohne darauf zu achten, ob er sie beobachtete.

»Ist es weit?«, fragte sie, als er ihre Tasche nahm und als sie hinter ihm nach unten ging, wusste sie immer noch nicht, warum sie sich darauf einließ.

Überall in den Dörfern waren die Spuren des Gewitters zu sehen. Abgerissene Äste lagen neben den Fahrbahnen, und später sahen sie in einem Dorf Feuerwehrautos mit Leitern, kleine Männer, die auf dem Dach einer Kirche herumkletterten und es mit Planen sicherten. Das Wasser des Flusses, den sie immer wieder überquerten, schoss schlammig und hoch zwischen den Ufern.

»Dort oben«, sagte Christian, »kommt kein Gewitter hin. Er habe zumindest noch keines erlebt.«

Sie überlegte, was er für ein Haus hatte, als sie auf der schmalen Serpentinenstraße zwischen Hangwiesen und Lärchenwäldern in die Berge fuhren. Ein Haus, das zu ihm passte. Ein Chalet über einem See mit Obstbäumen, hellen Fensterläden, die nie ganz schlössen. Mit einem Kachelofen und einer Kreissäge hinter dem Haus, Holz, das an der Rückseite bis zum Dach geschichtet stand. Oder eine der alten Villen zwischen schweren Bäumen mit einer Einfahrt zwischen Säulen und einer Freitreppe, die sich zum Eingang hinaufbog. Terrassen hinter dem Haus, und zwei Zimmer, die er bewohnte, während die anderen verschlossen blieben. Der Speiseaufzug von der Bedienstetenküche noch außer Betrieb, weil er das Haus erst vor kurzem gekauft hätte, wieder eines, das er renovieren wollte.

Sie stellte sich vor, hinter ihm zu stehen, während er aufschloss. Atemlos in die Stille des Hauses zu treten und auf jedes Geräusch zu achten. Ihm langsam zu folgen. Einen Platz zu suchen, auf den sie ihre Tasche stellen konnte.

Immer wieder schnitt das Licht zwischen den Bäumen durch die Windschutzscheibe und blendete sie. Sie schlief ein, und als sie aufwachte, stand der Wagen, sie drehte ihren Kopf zur Seite und sah ihn neben dem Auto, und als sie sich vorbeugte, eine Wand aus Beton. Sie lehnte sich zurück, weil sie es nicht glauben konnte. Aber er begann bereits das Gepäck aus dem Auto zu tragen.

Sie ließ sich nichts anmerken, als sie mit dem Fahrstuhl nach oben fuhren, an den Türen durch das Halbdunkel des Korridors gingen. Sie hoffte trotz des Gepäcks, dass er aus dieser Wohnung nur das Vergessene abholen wollte, und sie zu ihm weiterfahren konnten. Sie wollte draußen stehen bleiben und warten, doch sie hörte, wie er drinnen die Rollläden hochzog.

»Komm rein«, rief er, und als sie immer noch nicht hineingehen wollte, kam er zurück und zog sie, das Telefon ans Ohr gedrückt, in die Wohnung:

»Wir bleiben ein paar Tage«, sagte er, »wie gefällt es dir.«

»Schön«, sagte sie und ließ den Blick nicht von ihm, fragte sich, was er an einer solchen Hochhauswohnung schön finden konnte.

Das Telefon drückte er an sein Ohr wie auf ein Geschwür, bei dem Handauflegen den Schmerz lindert. Er öffnete die Balkontür, lief vor ihr auf und ab: Von der Wand, an der ein Rembrandt-Ritter über der Couch hing, neben einem fast leeren Bücherregal, an Fenstern mit dem gerafften halbrund hängenden Vorhängen vorbei zur Balkontür, wo sie sein Jungengesicht neben dem düsteren Ritter in einem dreiteiligen Spiegel sah.

»Ich bin viel zu selten hier«, sagte er, weil die Verbindung nicht zustande kam.

Judith setzte sich auf die Couch und sah ihm zu, wie er im Gehen eine Nummer eintippte.

Es sei der einzige Ort, an dem er wirklich entspannen könne, sagte er. Er wartete, sah auf die Uhr.

»Du kannst hier machen, was du willst«, fuhr er fort. Als sie nicht antwortete, begann er Sportarten aufzuzählen. Sie wagte nicht zu sagen, dass sie die Berge nicht mochte. Dass sie auch nicht seinetwegen mitgekommen war. Dass sie einfach nur nicht wusste, wohin sie sollte.

»Niemand kümmert sich hier um dich«, sagte er.

Im Gehen zog er ein Adressbuch aus der Tasche und tippte eine neue Nummer ein.

»Hier gehört dir die Welt«, sagte er.

Er nahm das Telefon vom Ohr und schob es zusammen. Dann sah er sie an, als warte er auf Antwort, aber Judith schwieg und ging zur Balkontür, um seinem Blick auszuweichen.

»Du kannst dich auch einfach nur auf den Balkon legen«, meinte er.

»Ja«, sagte Judith und stieg vorsichtig über die Schwelle.

»Der See ist auch nicht weit«, rief er von drinnen.

Hinter dem Parkplatz mit den Altglascontainern führte ein schmaler Weg zu den sandroten Tennisplätzen. Im Waldhang darüber hingen in einer Schneise die kleinen roten Gondeln wie aufgeknüpfte Perlen, ganz still, bewegungslos. Sie hörte ihn hinter sich leise ins Telefon sprechen.

Wer die Ermittlungen leite, fragte er, wie lange es dauere; er bitte, sofort anzurufen, es sei leicht, ihn zu erreichen, er brauche nur Gewissheit, er könne sofort wieder zurückfahren.

Judith sah zu, wie er am Bücherregal vorbeiging. Sie nahm ein Lexikon heraus und suchte unter J ihren Namen.

Sie betrachtete Vleutz, der noch immer telefonierte.

»Was liest du«, fragte er und ging an ihr vorbei.

»Über ein Theaterstück, das Judith heißt«, sagte Judith.

»Was passiert da?«, fragte er aus der Küche.

»Judith tötet den Holofernes«, antwortete sie, ohne die Stimme zu heben.

»Wen?«

Er war kaum zu hören, weil er sich etwas eingoss.

»Einen Unterdrücker«, rief sie lauter.

»Ach so«, er kam mit einem Glas Apfelsaft aus der Küche.

»Vielleicht sollte ich die Judith spielen«, sagte Judith, »wenn ich schon so heiße. Das passt zu mir.«

Er warf einen kurzen Blick auf die Zeichnung, bevor er sich neben sie setzte.

»Ach nein«, meinte er, »das ist zu pathetisch. Man darf nicht spielen, was man ist.«

In der Nacht legte sie ihren Mund an sein Ohr. Alles war still, das Telefon schlief auf dem Bettkästchen, das Fenster stand offen, von draußen war nichts zu hören.

»Ich will alles von dir wissen«, sagte sie, »ich kann nicht mit einem Mann zusammen sein, von dem ich so wenig weiß.«

Das Licht hing in den Falten der Vorhänge, die er vor das Fenster gezogen hatte, schimmerte durch den dichten Stoff.

»Man kann nie alles wissen«, sagte er, »selbst wenn man es wollte.«

Er drehte ihr den Rücken zu, murmelte:

»Zerbrich dir nicht den Kopf. Lass uns schlafen.«

Ihre Hand spürte, wie er ruhiger atmete, gleich einschlief. Aber das wollte sie nicht, auf keinen Fall. Sie wollte nicht allein wach liegen, weil sie Angst hatte, wieder an Johanna denken zu müssen. Sie wollte hören, ob es richtig war, für ihn etwas zu empfinden.

»Bitte schlaf nicht ein«, sagte sie.

»Ich schlafe nicht.«

»Doch, du schläfst gleich ein.«

»Gut«, sagte er, »ich schlafe.«

»Warum hast du mich angelogen«, fragte sie und wusste nicht, ob ihre Worte ihn erreichten.

»Ich antworte nicht, weil ich schlafe«, sagte er.

»Du hast mich angelogen.«

»Die Kündigung war ein Versehen.«

Er richtete sich auf.

»Ich meine nicht die Kündigung. Ich will wissen, was passiert ist, warum du dauernd telefonierst.«

Sein Gesicht schimmerte hell vor den Vorhängen, ein Gesicht ohne Konturen, ein weißer bleicher Fleck.

»Wovor hast du Angst«, fragte sie.

Er nahm ihren Kopf zwischen seine Hände, drückte ihr Gesicht an sich, damit er nicht antworten musste. Als sie keine Luft mehr bekam, wand sie sich aus seinem Griff, drehte sich weg und fragte sich, warum sie überhaupt diese Frage gestellt hatte.

Als sie wieder aufwachte, war es noch dunkel.

»Was glaubst du, warum ich mitgefahren bin«, fragte sie.

Er ließ den Blick nicht von ihr, als könne er sie damit von sich fern halten.

»Was glaubst du«, fragte sie.

»Ich weiß nicht«, sagte er, »ich habe nicht darüber nachgedacht. Warum bist du mitgefahren?«

Judith drehte sich auf den Rücken, sah zum Fenster, wusste nicht, was sie antworten sollte.

Wieder zog er sie an sich, umklammerte sie, dass sie sich kaum bewegen konnte.

»Haben sie dir nie Leid getan?«, fragte sie, »die Menschen meine ich, die ihre Wohnung verlieren.«

»Leid getan?«

»Ich verstehe nicht«, sagte Judith, »wie man so etwas tun kann.«

»Was tun kann?«

»Menschen aus Geldgier aus ihren Häusern vertreiben.«

»Ach so«, sagte er, als verstünde er erst jetzt, »ich vertreibe niemanden. Das ist ein freies Land. In einem freien Land kann man niemanden vertreiben. Sonst wäre es verboten. Aber es ist nicht verboten.«

Er setzte sich auf.

»Was soll das«, fragte er, »jeder tut, was er kann. So gut es geht. Jeder nutzt seine Möglichkeiten, mehr nicht. Ich bin Unternehmer, ich hab Kredite bekommen, man vertraut mir, also. Ich habe vier Häuser erfolgreich saniert und darauf kommt es an. Dass man sich durchsetzt. Habe ich in der Schule gelernt. Ob ich es tue oder andere.«

Er hatte sich aufgerichtet und starrte sie an. Sie rede ja, als sei das kriminell.

»Es ist kriminell«, sagte Judith.

Er schwieg, als hätte er alles gesagt und könne nur noch schweigen.

»Wehrlose Menschen«, sagte Judith.

Plötzlich schlug er mit der Hand auf das Nachtkästchen neben sich.

»Es sind meine Wohnungen. Ganz einfach: mein Eigentum. Und Eigentum ist geschützt.«

Er legte sich wieder hin, drehte ihr den Rücken zu, zog die Decke über sich, rollte sich in sie ein, so dass sie im Halbdunkel nichts mehr von ihm sah.

Sie schloss die Augen, aber sie konnte nicht schlafen. Wenn es ein anderer Mann wäre. Auf dessen Brust sie ihr Gesicht legen konnte. Dessen Geruch sie atmen konnte. Dann sah sie, dass es draußen schon dämmerte.

Ich kann hier nicht bleiben, dachte sie verzweifelt.

Am liebsten hätte sie sich irgendwo verkrochen, damit sie niemand sah, gleichzeitig verschwunden und doch irgendwo angekommen war.

Er hatte nicht gemerkt, dass sie auch aufgewacht war. Als ob sie nicht da wäre, zog er die Vorhänge auf, ließ das Licht in den Raum; so schnell, dass es hinter den geschlossenen Lidern vor ihren Augen aufflammte. Der Schatten seines Körpers strich über ihr Gesicht, als er am Fenster vorüberging. Sie hörte seine Schritte in der Küche, hörte, wie er eine Schublade aufzog, wartete auf das Klappern von Geschirr.

Plötzlich begriff sie, dass sie allein war. Durch ihren Kopf zogen die Bilder der vergangenen Nacht, wie er am Fenster stand, telefonierte, wie er sich in der Decke verbarg.

Vielleicht bedeutete es gar nichts, dass sie mit ihm geschlafen hatte. Vielleicht hatte er es schon wieder vergessen. Sie strich unter der Decke über ihren Körper und merkte, dass sie sich kaum noch daran erinnern konnte. Vielleicht war es mit Sobowski ähnlich gewesen. Vielleicht dachte er auch schon gar nicht mehr an sie. Und wenn es für ihn und für sie keine Bedeutung hatte, konnte es dann überhaupt etwas bedeuten? Und wenn es nicht wichtig war, konnte sie es vielleicht auch vergessen.

Auf dem Küchentisch lag ein Zettel. Ohne es wirklich zu wollen, las sie: HABE EINEN TERMIN. KOMME SPÄTER. Neben der dritten Zeile lagen zwei Schlüssel, die wie Wohnungsschlüssel aussahen. SCHÖNEN TAG. Sie schüttelte den Kopf, als habe sie das geahnt, ging zum Fenster. Draußen hing das Plop-plop von den Tennisplätzen in der Luft, sonst nichts.

Auf dem Küchentisch lag das Telefon, sie wunderte sich, dass er es nicht mitgenommen hatte. Zwei Tage hatte sie jetzt nichts mehr von Johanna gehört. Sie tippte eine Nummer in den Apparat ohne nachzudenken und hörte plötzlich die Stimme ihres Vaters, mit der sie nicht gerechnet hatte. Aber es war Sonntag, der Vater zu Hause, seine Stimme knarrte seinen Namen, Judith deckte erschreckt die Sprechrillen zu.

Ohne zu wissen was sie tun sollte, hielt sie das Telefon von sich weg und wunderte sich, dass er nicht auflegte. Immer wieder fragte er ins Telefon, wer dran sei. Auf einmal dachte sie: Er weiß, dass ich es bin.

Sie sah durch das Fenster den weißen Himmel und die Felsen und darunter die Waldhänge, auf denen sich das Licht ausbreitete. Als durch das offene Fenster das Signal vom Tennisplatz ertönte, hob sie das Telefon vor ihr Gesicht und schaltete mit einer der kleinen Tasten den Vater ab.

Sie ließ das Telefon auf dem Nachtkästchen liegen und ging ins Badezimmer. In der Dusche sah sie eine geblümte Duschhaube am Wasserhahn hängen, die vielleicht Vleutz' Mutter gehörte. Judith spürte, dass sie nicht in die Dusche steigen konnte, solange das Ding dort hing. Mit zwei Fingern nahm sie die Badehaube von den Wasserhähnen und schmiss sie in den Abfalleimer.

In der Küche tippte sie wieder die Nummer in das Telefon. Diesmal war die Mutter dran. Ihre Stimme klirrte, so dass Judith den Hörer vom Ohr weghielt.

»Johanna bekommt eine neue Haut«, sagte die Mutter, »ein neues medizinisches Verfahren, freust du dich?«

»Ich freue mich«, sagte Judith leise, war sich aber nicht sicher, ob die Mutter es gehört hatte, weil sie schon weiter redete. Von Komplikationen, Abstoßungen, Reaktionen. Worte, die in Judith nichts auslösten, nur den Verdacht verstärkten, dass die Mutter über ihre Angst hinwegsprach.

»Sei still«, sagte Judith, als die Mutter sagte, dass für Johanna keine Gefahr mehr bestünde.

Schon bereute sie, angerufen zu haben, nicht einfach ins Krankenhaus gefahren zu sein, selber nachgesehen zu haben, was mit Johanna war.

»Sei still, wir werden schon sehen«, streute sie ihre Worte auf die grelle Stimme der Mutter. Überall passten plötzlich diese

Worte hin. Sie glaubt an nichts mehr, sie hat nur noch Angst, dachte Judith.

»Kommst du ins Krankenhaus?«, fragte die Mutter, »wann kommst du? Du musst dabei sein«, sagte die Mutter, und obwohl sie nicht wollte, hörte Judith weiter zu.

Ein Stück neue Haut, dachte Judith später auf dem Balkon, Haut, die man auf das offene Fleisch legt, die anwachsen und sich auf Johanna ausbreiten soll. Vom Bauch zu den Schultern kriecht, über die Beine wuchert, über den Rücken, in ihr Gesicht. Judith versuchte sich das vorzustellen.

Eine Haut, dick wie ein Pfannkuchen. Aus dem man später die Nase, die Ohren und den Mund ausschneidet. Öffnungen für die Augen. Eine Johanna, die aus dem Bett steigt, die steif noch durch das Zimmer geht, die später hier in der Küche sitzen wird, als wäre nichts passiert. Sie versuchte sich das vorzustellen, aber sie sah nur, wie Johanna als Kind in der Badewanne saß, sich nach einem Sonnenbrand häutete, sich in feinen Streifen die Haut vom Arm zog.

Judith schob die Erinnerung weg, blieb auf dem Balkon im Schatten des aufgespannten Sonnenschirms mit den gehäkelten Troddeln stehen, lehnte an der Brüstung und sah hinüber, wo der milchig grüne Waldsaum im späten Vormittagslicht an den Berghängen hing. Die Erinnerung ließ sich nicht wegschieben. Die Hautfetzen trieben durch das Wasser zwischen ihren Körpern, auch wenn sie das Wasser mit ihren Kinderhänden von sich wegschaufelten.

Judith ließ die Kaffeetasse auf der Brüstung stehen, zog sich an, nahm die Schlüssel und verließ die Wohnung, ohne zu vergessen, die halb volle Mülltüte mit der Duschhaube von Vleutz' Mutter draußen in den Müllschlucker zu werfen.

Auf der Straße wusste sie nicht, in welche Richtung sie gehen sollte. Hier unten auf dem Asphalt brannte die Mittagshitze, aber sie wollte nicht mehr umkehren. An den Häusern vorbei kam sie aus dem Ort heraus, lief den Wald entlang, bis sie hinter den Bäumen zum ersten Mal undeutlich das Blau des Sees sah. Kleine Wege schlängelten sich zwischen den Stämmen zum Ufer. Sie erreichte den schmalen Uferstreifen und blickte auf die spiegelnde Fläche und die Nationalstraße dahinter, auf den Wald und die Hänge der Talseite, die sich braun und steil zu den Felsen mit den Skiliftmasten und Bergbahnstationen auf dem Gipfelkamm hochzogen.

Dicht an dicht lagen die Badenden zu beiden Seiten des Weges auf der Uferwiese. Die Stimmen, die von ihnen aufstiegen, zogen sich zu einem dichten Netz über dem Strand zusammen. Sie war in das Netz eingetaucht, eingehüllt, gefangen. Sie konnte nicht entkommen. Sie konnte nicht unsichtbar sein. Sie war ihm ausgesetzt und würde ihm immer ausgesetzt sein.

Eine neue Haut, dachte Judith, während sie langsam weiterging, was soll Johanna mit einer neuen Haut. Wie kann man mit einer neuen Haut leben. Judith hatte immer nur das eine Bild vor Augen: Ein Stück Haut, das wie ein Lappen auf dem Fleisch lag, bleich und ohne Glanz. Sie suchte einen Platz, um sich hinzusetzen. Die Kinder spielten am Wasser. Mütter zwischen Kinderwägen, Paare auf Handtüchern. Niemand war allein. Nirgendwo war Platz genug, um nicht dazwischen sein, Gespräche mit anhören, Blicke vermeiden zu müssen. Sie ließ ihre Augen auf- und abwandern, langsam, als sei sie verabredet, mein rechter rechter Platz ist leer, da wünsch ich mir, da wünsch ich mir, da wünsch ich mir. Die Haut war ein klebriger Teig, in den sie Johanna einrollten. Die Haut war ein weißes Tuch, das sie über Johannas Körper zogen und verknoteten, so dass sie nicht mehr zu sehen war. Verschwunden. Weg. Judith suchte in der Erinnerung nach ihrem Gesicht. Gelöscht. Immer nur das Tuch, das über Johanna verknotet wurde. Judith ging schneller. Der Wunsch, Johanna zu sehen, sie sofort zu sehen, sie jetzt gleich sehen zu müssen, brannte in ihr. Sie musste mit ihr reden, besser noch vor der Operation, ihr blieb nur noch wenig Zeit. Alles was sie am Morgen noch gedacht hatte, galt nicht mehr, sie konnte nicht mehr stehen bleiben. Sie lief zwischen den Körpern, ohne auf sie zu achten, wurde erst an der Biegung ruhiger, wo der Weg vom See in den Wald zurückführte und sie den Wind spüren konnte, der das Ufer entlang strich. Sie dachte an das Telefon, das in der Wohnung lag. Sie begriff, dass Vleutz nie bei ihr sein würde. Sie stellte sich vor, wie sie einfach ging, die Schlüssel auf den Tisch gelegt, die Tür hinter sich schloss. Sie tauchte ihre Hände in das Wasser.

Denken, man sei nie da gewesen. Nichts erklären müssen, um nichts bitten. Einfach fahren. Sie legte ihre Hände auf ihr Gesicht. Im Dorf nach den Busverbindungen fragen und verschwinden. Ohne Zettel. Ohne Großbuchstaben. Wortlos. Sie stand zwischen den Bäumen und horchte. Dann dachte sie: Es geht nicht. Sie setzte sich auf einen Baumstumpf und stand wieder auf. Ich kann ihn nicht allein lassen, dachte sie. Sie hielt ihr Gesicht in den Wind, um das Wasser zu trocknen. Sie fror. Dann beschloss sie, trotzdem nach den Busverbindungen zu fragen. Für alle Fälle. Jetzt gleich.

Stündlich Postbusverbindung. Fahrzeit nach Chur 30 Minuten. Anschluss an den Intercity nach Zürich, Großraumwagen, Speisemöglichkeit. Wer hatte schon eine neue Haut. Drüben im Café saßen einzelne Wanderer unter den Sonnenschirmen an den orange geblümten Tischdecken mit orangenen Gesichtern. Ein Postbus stand zur Abfahrt bereit, aber sie musste ja noch ihr Gepäck holen. Warum, dachte sie dann und wusste immer noch nicht, was sie tun sollte. Der Busfahrer las noch Zeitung. Einsteigen. Abfahren. Judith stand vor den schimmernden Scheiben des Tourist-Büros. Einsteigen. Abfahren. Schaufenster, Prospekte, Bekanntmachung. Ihr Fluggepäck reist selbständig, via Flughafen Zürich, bis zur Poststelle in Lenzerheide und wieder zurück an ihr Flugziel. Festhalten. Warten. Als ob es auf eine Stunde ankäme. Ihn festhalten. Ihn fragen. Vielleicht: Was bin ich für dich?

Der Busfahrer faltete die Zeitung zusammen. Neben dem Café konnte sie zwischen den Häusern auf die tieferliegenden Teile des Ortes sehen. Auf die Bäume in den Gärten, auf die Straßen, an den Zäunen entlang zu den verödeten Parkplätzen an der Talstation. Durch die Stille der Morgendämmerung aufs Rothorn schweben und auf dem Ostgipfel miterleben, wie die aufgehende Sonne die Berge in ein goldenes Licht verwandelt. Anmeldung erforderlich. Ein neues Verfahren. Stündlich Busverbindung. Einfach einsteigen.

Judith hatte in ihren Taschen nicht einmal genügend Geld für einen Kaffee. Trotzdem einsteigen. Alle größeren Hotels verfügen über einen eigenen Abholdienst von den Postautostellen. Judith schloss die Augen, um sich das Gefühl zu geben, sie sei nicht mehr da. Sie öffnete die Augen, aber sie war noch da. Der Busfahrer ließ den Motor an und sie stand zwischen den Häusern, ohne zu wissen, was sie tun sollte. Vielleicht war Christian ja doch zurück. Vielleicht war er wieder gegangen. Vielleicht hatte er das Telefon mitgenommen. Sie hatte die Nummer auswendig gelernt.

Vielleicht saß er auf der Terrasse oder lag wieder im Bett und wartete auf sie. Vielleicht telefonierte er oder er arbeitete und wartete mit Kaffee und Kuchen, den er aus dem orangefarbenen Café mitgebracht hatte.

Aber die Wohnung war unverändert. Die Balkontür stand den gleichen Spalt breit offen. In der Küche auf dem Tisch lag der Zettel. Judith legte den Schlüssel zurück. Es war unverändert still. Kein Hinweis darauf, dass er zurückgekommen war.

Es war stickig in den Zimmern, die sie immer wieder durchquerte, bis sie es nicht mehr aushalten wollte. Sie würde ihm auf den Zettel schreiben: Ich bekomme hier keine Luft. Die Schlüssel würde sie auf dem Tisch liegen lassen, vorher nur abwischen, damit er nicht merken konnte, dass sie den Schlüssel benutzt hatte. Dann dachte sie, dass sie ihm doch keinen Zettel hinterlassen würde. Die Schlüssel vielleicht doch mitnehmen sollte, für alle Fälle. Sie suchte im Schlafzimmer, im Badezimmer ihre Sachen zusammen, stopfte sie in die Tasche, die noch im Flur stand. Es ist nur ein Versuch gewesen, dachte sie, ich habe nichts verloren. Sie wollte die Schlüssel jetzt doch liegen lassen. Noch einmal durchwühlte sie die Tasche. Ihre Kleidung, ihre Hautcreme, das Duschgel, das Shampoo, ihr eigener Hausschlüssel, im Portemonnaie der Ausweis, der Führerschein, den sie seit Jahren nicht benutzt hatte.

Aber als sie fast schon gehen wollte, als sie sich kopfschüttelnd fragte, warum sie hierher gekommen war, fiel ihr das Versprechen wieder ein, das sie Anton gegeben hatte. Sie blieb vor der Wohnungstür stehen. Wenn sie jetzt ging, hatte sie nichts erreicht.

Judith stellte ihre Tasche ab und ging langsam ins Schlafzimmer. Sie kniete sich vor den geöffneten Schrank, tastete den Boden ab, fand nichts.

Im Wohnzimmer durchsuchte sie die Bücherregale, öffnete die Schränke, aber von Vleutz' Unterlagen war nichts zu finden. Ich muss hier weg, dachte sie, bevor er wiederkommt. Der Schreibtisch war leer, in den Schreibtischschubladen fand sie Stromrechnungen und anderes, was sie vorsichtig durchblätterte, was aber nur mit dieser Wohnung zu tun hatte.

Fast wollte sie schon aufgeben, als sie unter dem Schreibtisch an der Heizung die Aktentasche sah. Sie stand offen, und Judith hob sie auf den Schreibtisch, zog sie an den Griffen auseinander. Neben zusammengefalteten Plänen stand ein Ordner, auf dessen Rücken mit Filzstift Brunnstraße 11 stand. Sie zog ihn heraus, legte ihn neben die Tasche. Dann meinte sie, draußen etwas gehört zu haben, sie richtete sich auf, sah im Spiegel ihr gerötetes Gesicht. Aber es war ganz still. Die Tasche hatte keine Seitenfächer, sie starrte auf die grau melierten Aktendeckel. Auf dem Index unter G stand Gasversorgung mit den Stichworten Lage, Leitungen, Öfen, Unterbrechung. Sie wollte den Ordner wieder in die Tasche zurückschieben, woanders weitersuchen, als sie darüber unter F Finanzierung las. Sie starrte einen Augenblick auf das Wort, sah Anton vor sich, wie er sie bat, ihm zu helfen, hörte die Stimme ihres Vaters, der sie rief. Dann schlug sie ihn doch auf. In Klarsichthüllen waren Verträge mit Banken eingelegt: Verträge mit Sparkassen verschiedener kleiner Orte, mit Privatbanken, Hypothekenbanken, Bausparkassen. Wie vereinbart erhalten Sie auf Konto Nummer den Betrag überwiesen, wie vereinbart zu folgenden Konditionen, sehr geehrter Herr Vleutz, wir danken für das Gespräch, wir verbleiben mit besten Grüßen, wir freuen uns. Judith blätterte weiter. Wir freuen uns über die Geschäftsbeziehungen, wir wünschen Ihnen und Ihrer Familie, wir wünschen einen erfolgreichen Abschluss, wir hoffen.

Da hörte Judith, dass sie sich doch nicht getäuscht hatte. Es war der Fahrstuhl, den sie gehört hatte, und jetzt waren Schritte im Gang. Sie schlug die Seiten des Ordners zurück und hob ihn an, um ihn in die Tasche zu schieben. Jemand steckte den Schlüssel in die Wohnungstür, der Ordner ließ sich nur langsam nach unten drücken, verkantete sich. Sie konnte sich gerade noch umdrehen, die Tasche mit ihrem Körper verdecken, da stand er vor ihr, fragte, warum sie nicht am See sei.

»Ich war«, sagte Judith atemlos und wagte nicht, sich zu bewegen.

Es sei doch ein herrliches Wetter, sagte er und lächelte und sie lächelte zurück und er sagte, dass er sich zuerst umziehen müsse und sie sagte ja, zieh dich um. Während er ins Schlafzimmer ging, versuchte sie wieder, den Ordner in die Tasche zu schieben, aber ihre Hände zitterten.

»Du bringst mir Glück«, sagte er, als er wieder ins Wohnzimmer kam.

»Johanna bekommt eine neue Haut«, sagte sie, weil ihr nichts anderes einfiel.

»Schön«, sagte Christian, »ich war mit dem Staatsanwalt auf dem Rothorn«, sagte er, »der Staatsanwalt ist ein guter Freund.

Nicht viele Freunde brauche man, aber die richtigen«, sagte er.

»Ich muss fahren«, sagte Judith.

»Die Sache mit dem Gerüst, das mir zusammengebrochen ist: Niedergeschlagen«, sagte Christian. »Es gibt keine Beweise. Die Ermittlungen wegen Baugefährdung werden eingestellt. Außergewöhnliche Wetterverhältnisse. Die kriegen mich nicht.«

Er schob das Hemd in den Hosenbund und sah sie schweigen:

»Ich dachte, du wolltest alles wissen? Und wenn ich was erzähle, interessiert es dich nicht.«

»Ich muss zu Johanna, sagte Judith, »ich kann dir nicht zuhören.«

»Ich fahre dich, wohin du willst. Seine Stimme klang überschwänglich.«

»Johanna bekommt eine neue Haut«, sagte Judith, als er das Hemd in die Hose geschoben hatte. Er nickte.

»Also, fahren wir«, sagte er und ging auf sie zu.

Sie wich zurück, er schien immer noch nicht begriffen zu haben, sie wollte, nein, sie musste ihm sagen, dass Johannas neue Haut nichts mit dem glücklichen Ausgang seiner Sache zu tun hatte. Dass es völlig verschiedene Dinge waren, und dass sie auch ohne ihn zu Johanna gefahren wäre. Sie wollte ihm das sagen, bevor er sie berührte, und wich vom Türstock zurück in den Flur.

Auch wollte sie ihm sagen, dass sie am glücklichen Ausgang seiner Sache nicht interessiert sei. Aber er stand schon ganz nah vor ihr, fasste sie an beiden Armen und schob sie ins Wohnzimmer. Judith schwieg, weil sein Gesicht ganz nah war, weil sie Angst hatte, dass er seinen Mund auf ihren drücken würde, wenn sie zu sprechen begänne. Im Wohnzimmer kurbelte er vor dem Fenster die Jalousie nach unten, stellte die Lamellen schräg, das glänzende Gesicht des Rembrandt-Ritters war nicht mehr zu sehen.

Er folgte ihr zum Schreibtisch, strich mit seinen Händen ihr Haar zusammen.

»Jetzt brauchen wir nur noch die Unterschrift«, sagte er.

Judith beugte sich über den Schreibtisch, stützte die Arme auf, damit die Aktentasche unter ihr verschwand, er nicht sehen konnte, dass sie von Judith durchsucht worden war.

»Wenn Anton unterschrieben hat, kann es endlich weitergehen«, sagte Christian. Seine Hände liefen hastig über ihre Schultern, während sie sich vorstellte, wie sie die Aktentasche vom Tisch ziehen würde, um die Spuren zu verwischen.

Doch plötzlich griff er unter ihren Armen hindurch und zog die Aktentasche vom Schreibtisch.

Gelähmt hörte sie ihn sagen:

»Wie kommt die dahin?«

Judith bewegte sich nicht, hielt den Atem an.

»Du spionierst mir doch nicht nach?«

»Nein«, sagte sie und richtete sich auf.

»Und das nennst du Vertrauen«, sagte er, »soll ich mich aufregen, dich aus der Wohnung werfen.«

Er schüttelte den Kopf:

»Der große Fehler ist, dass mich alle unterschätzen. Anscheinend auch du.«

Er legte wieder seine Hände auf ihre Schultern, drückte sie sanft nach vorne:

»Überleg doch. Es bringt doch nichts. Was kannst du mir schon antun.«

Seine Hände strichen über ihren Rücken, aber Judith spürte sie kaum.

»Besorg mir die Unterschrift, es ist der einzige Weg, den wir haben«, sagte er und zog ihr T-Shirt hoch; sie sieht in der Fensterscheibe gespiegelt ihr Gesicht. Seine Hände tun ihr nicht weh: Sie versuchen alles, wachsen über ihren Brüsten, vor ihrem Bauch zusammen, berühren sich. Sie sieht im Spiegel nur die Umrisse des Gesichts, eine gelbschimmernde Fläche. Sie sieht ihren gebeugten Körper, sie sieht sich zu, wie er sie an sich zieht, sich über sie beugt, sein Kopf, sein Haar mit ihr zu einer unförmigen Gestalt verschwimmen, sie kann sich nicht wehren, weil sie sieht, dass der Mund von der, die über den Schreibtisch gebückt steht, stumm bleibt, während er sich bewegt.

»Hilf mir«, sagt er hastig. Er bittet sie, aufzustehen, sich umzudrehen. Sie schüttelt nicht einmal mit dem Kopf.

»Was ist los?«, fragt er.

»Nichts«, sagt ihr Gesicht im Spiegel und sie kann kaum sehen, dass sich ihr Mund öffnet.

Dann lässt er sie los, und sie sieht hinter ihrem gespiegelten Körper, wie er sich anzieht und aus dem Zimmer geht.

Auf der Fahrt die Bergstraße hinunter zur Autobahn redete er kaum, starrte auf die Straße, sah immer nur geradeaus, schnitt keine Kurven, berührte nicht einmal den Mittelstreifen. Blieb auf seiner Seite mit den Händen am Steuer. Judith sah ihn nicht an, dachte nicht mehr an das, was geschehen war, hoffte nur noch rechtzeitig ins Krankenhaus zu kommen.

»Wie lange brauchst du?«, fragte er. Sie sah aus dem Fenster, wusste nicht, ob sie wollte, dass er auf sie wartete.

Aber sie wusste ja nicht, was er wirklich über sie dachte.

Er lächelte, als er vor dem Krankenhaus hielt. Selbst wenn es länger dauere, mache es ihm nichts aus, er wolle einfach im Auto warten.

Langsam stieg sie die flachen Steinstufen neben der Auffahrt nach oben. Sie sah noch einmal hinunter. Sein Wagen, sein Arm auf dem offenen Fenster. Sie machte ihm Zeichen, wegzufahren, aber er sah nicht hoch.

Da lief sie wieder hinunter, sagte, sie wolle nicht, dass er hier warte.

»Lass dir ruhig Zeit«, beharrte er.

»Nein«, sagte sie und bestimmte ein Café, wo sie sich treffen sollten.

Als sie die Milchglastür aufstieß, fast bei Johanna gewesen wäre, vor den orangefarbenen Plastikstühlen stand, sah sie im wächsernen Ablicht der Neonröhren die Mutter sitzen, an die sie überhaupt nicht mehr gedacht hatte. Judith ging noch zwei unsichere Schritte vorwärts, blieb stehen. Die Mutter aufrecht sitzend, die Hände im Schoß gefaltet, fixierte die gegenüberliegende Tür des Schwesternzimmers. Das Lampenlicht überzog ihr Gesicht mit einer stumpfen gelben Wachsschicht, nahm ihm die Schatten, machte es den Dingen gleich: Tür und Wand bewegten sich nicht, die Mutter saß so still, als hätte sie nichts gehört, als sei sie ein Teil der Sitzreihe geworden.

Judith spürte, wie hinter ihr die Tür des Gangs zufiel, die Mutter reagierte immer noch nicht, als hätte sie nicht gemerkt, dass Judith fast vor ihr stand.

So wie immer, dachte Judith, bewegte sich nicht, erinnerte sich plötzlich, wie es gewesen war, wenn sie am Abend von Freunden oder aus dem Theater heimgekommen war. Die Mutter war in der Küche gesessen, hatte jedes Mal gewartet, so dass Judith nie gern heimgekommen war. Sie musste an der wartenden Mutter vorbeigehen, die ihr vorwarf, sie habe so lang gewartet, dass sie nicht mehr einschlafen könne. Anfangs hatte Judith versucht, ihr das auszureden, aber als es nichts half, sich die Szene immer wiederholte, merkte sie, dass es keinen Unterschied machte, ob sie mit ihrer Mutter redete, ihr zu erzählen versuchte, was sie gemacht hatte, oder ob sie wortlos in ihr Zimmer ging, ohne auf die Worte der Mutter zu reagieren. Es passierte nichts, als hätten die Worte gar nicht ihr gegolten, als ob die Mutter nur noch sich selbst versichere, mit ihren Problemen nicht fertig zu werden. Aus ihrem Zimmer hatte sie die Mutter mit sich selbst reden gehört.

Judith schloss die Augen, um zu vergessen, was gewesen war, aber als sie die Augen öffnete, bemerkte sie, dass die Mutter sie ansah, und Judith wusste plötzlich, dass hier im Krankenhaus zwischen ihr und Johanna die Mutter saß, dass sie nicht an ihr vorbeikommen konnte. Judith merkte, wie sich ihre Finger in die Handballen stachen, so dass es wehtat. Sie spürte den Blick der Mutter in sich eindringen und nichts sagend durch sich hindurchgehen. Sie weiß, dass ich nicht vorbeikomme, vielleicht will sie sich rächen. Für all die Abende, an denen ich an ihr vorbeigegangen bin, sie nicht beachtet habe.

Langsam ging sie einige Schritte auf die Mutter zu, ohne es wirklich zu wollen, wartete wieder.

»Ich bin schon seit Stunden hier«, sagte die Mutter, und die Worte trafen Judith, als sei sie daran schuld.

»Es ging nicht früher«, sagte sie, obwohl sie etwas anderes sagen wollte, wozu ihr die Worte fehlten. Ohne Worte dazustehen, mit all den Erinnerungen, ein Berg, deren Anblick schon schwindeln lässt, nicht reden zu können.

»Wie geht es Johanna«, fragte Judith leise und sah zu, wie sich der Blick der Mutter langsam hob.

»Johanna ist operiert«, sagte die Mutter, »ich warte auf den Arzt.«

Nicht auf mich, dachte Judith, es ist ihr egal, ob ich da bin, aber sie schwieg.

»Gut, dass du gekommen bist«, sagte die Mutter müde und blickte wieder auf die gegenüberliegende Tür.

Judith konnte nicht mehr stehen und setzte sich neben die Mutter, aber das machte das Sprechen nicht leichter.

»Die neue Haut?«, fragte Judith.

»Es ist nicht sicher, ob sie anwächst. Man sieht das erst nach ein paar Tagen.«

»Wenn das nicht klappt?«, fragte Judith, weil sie neben der Mutter nicht schweigend sitzen wollte, aber sie bekam keine Antwort.

»Du willst nicht wissen, wo ich war?«, fragte Judith, aber auch diese Worte verschwanden, als hätte sie niemand gehört. Ich könnte sagen, was ich wollte, dachte Judith, ich könnte von Vleutz erzählen, von der Nacht mit Sobowski, von Anton, ich müsste reden, gleich, ob sie es hört oder hören will. Ich müsste reden, einfach nur reden und es müsste mir gleichgültig sein, was sie denkt, mehr kann ich nicht tun. Vielleicht würde das etwas aufbrechen, ich müsste sie zwingen, wieder zuhören zu können.

Und plötzlich bekam Judith Angst und dachte: Es ist die letzte Gelegenheit mit ihr zu reden, sie nicht ganz zu verlieren.

Langsam hob Judith ihren Arm, hob ihn vorsichtig zwischen sich und der Mutter nach oben, schob ihn hinter dem Rücken der Mutter vorbei und legte ihre Hand auf die Schulter der Mutter, spürte wie sich die Mutter ein wenig zu ihr neigte.

Aber wenn ich rede, ohne dass sie zuhören will, dachte Judith, ich will nicht werden wie sie, ich will es nicht fortsetzen.

Schweigend saß sie neben der Mutter, spürte den Knochen unter dem dünnen Fleisch, das sich über der Schulter spannte. Judith wusste nicht, ob sie mit ihren Fingern drücken sollte, sie fester fassen, ob sie ihr dann wehtat. Dann konnte sie die Finger nicht mehr ruhig halten. Sie wollte nicht, dass die Mutter meinen könnte, dass Judith zittere, sie nahm ihren Arm wieder weg.

Vielleicht wollte ja auch Johanna nicht, dass sie der Mutter etwas über sie erzählte. Vielleicht will Johanna nicht einmal, dass wir zusammen an ihrem Bett stehen.

Und mit wachsendem Entsetzen sah sie sich neben der Mutter vor Johanna, genau so, wie sie hier nebeneinander saßen. Unfähig zu sprechen, weil Judith merken würde, wie auch die Mutter nichts sagen konnte, anders zu Johanna war, nur weil Judith dabei war.

Es ist zu Ende, dachte Judith, weil sie bei dieser Vorstellung nicht weiterdenken konnte. Sie legte die Hände auf ihr Gesicht, fühlte die feuchte Haut auf ihrer Stirn und ihren Wangen und rieb voller Ekel, die Hände an ihrer Hose trocken. Sie konnte die Mutter nicht länger ansehen. Judith stand auf, hielt es neben ihr nicht mehr aus. Aber sie konnte nicht weglaufen.

Ich muss bleiben, dachte sie noch, lief den Gang entlang. Vielleicht bildete sie sich das alles nur ein. Vielleicht war sie es, die alles falsch verstand, die nicht fähig war, mit der Mutter zu reden.

Aber als sie sich umdrehte, war es wie zuvor.

Es ist zu spät, dachte Judith, ich kann nichts mehr tun.

Plötzlich stand der Arzt zwischen ihnen. Er sagte zur Mutter, dass sie mitkommen könne. An seinem Rücken vorbei versuchte Judith die Mutter anzuschauen. Aber die Mutter stand gerade auf, folgte dem Arzt mit kurzen Schritten, ohne weiter auf sie zu achten, und verschwand in einem Zimmer am Ende des Flurs.

Ohne sich zu rühren, blieb Judith zurück, wagte nicht hinterherzulaufen, der Mutter den ersten Blick auf die neue Haut der Tochter streitig zu machen. Sie hat es nicht verdient, dachte Judith.

Betäubt wartete sie, rutschte auf dem Stuhl nach vorne, bereit aufzustehen, falls man sie doch holte. Versuchte geräuschlos zu atmen, um zu hören, ob hinter dem Summen der Neonröhren noch etwas war, was sie betraf, sie und Johanna, das unaufhaltsame Wachsen der Haut, dem die Mutter jetzt zusah. Wartete, bis die Mutter genug gesehen hatte und ohne den Arzt zurückkehrte, ihr nasses Gesicht zu Judith zurücktrug. Es starr vor sich hielt, als erwartete sie eine Frage. Aber Judith wusste plötzlich keine Frage mehr. Sie wartete, dass sich die farblosen Lippen der Mutter in dem zuckenden Gesicht öffneten, als sie im Aufzug nach unten fuhren. Seltsam, dachte Judith, solange sie bei mir ist, fühle ich nichts. Ich will sie nie wieder sehen.

Draußen hing das Licht warm zwischen den Häusern. Strich sanft über die Fassaden, in die Straßen hinab. Die Mutter trocknete mit einem Taschentuch ihr Gesicht, sagte ein paar Worte von Besorgungen, die sie machen musste, vom Vater, der nach der Arbeit hierher kommen wollte, längst da sein sollte. Sie sagte, dass sie mit ihm nach Hause fahren würde. Sie sagte, mit einem scheuen Blick auf Judith, es sei schön, dass sie da sei. Dann stöckelte sie, ohne sich umzusehen, auf ihren hohen Schuhen die Auffahrt hinunter und verschwand unten in einem Taxi in Richtung Stadt.

Vielleicht darf immer nur einer zu ihr, dachte Judith und ließ sich langsam den kurvigen Weg zum Fluss hinuntertreiben, nicht zur Altstadt, sondern zur anderen Seite hin durch Straßen, die ihr unbekannt waren, die sie nicht mit Erinnerungen verknüpfen konnte. Häuser, an denen kein Früher hing, das sich mit einem Jetzt vergleichen ließ. Bars, in denen sie nie gewesen war. Geschäfte, die sie nicht betreten hatte. Sie blickte in die Schaufenster, vor den starren Gesten der Schaufensterpuppen auf ihr Gesicht: Warum bist du nicht bei Johanna geblieben. Warum nicht.

Lange steht sie vor einem Café, weiß nicht, was sie tun soll, weiß nur, dass sie noch allein sein will. Ist das nicht genug, denkt sie und lässt sich von den Blicken der Männer an die Bar schwemmen, hält sich an der Theke fest.

Loslassen. Nichts fragen, nichts antworten. Warten. Leer sein, für den anderen nichts sein. Sie bestellt ein Glas Wein und betäubt damit ihre Zunge. Im Spiegel sieht sie, wie sich ihre Hände am schmalen Hals des Glases festhalten. Sie blickt die Gesichter entlang zur Espressomaschine. Wenn man nichts tun muss, ist man frei, denkt sie.

Sie sieht die Blicke der Männer, sie streifen Judiths Gesicht, brennen nur kurz, wenn sie Judiths Augen finden; als seien sie schon mit ihr vertraut, als wüssten sie schon von ihr.

Judith merkt, wie sich einer von der Bar löst, um sich neben sie zu stellen. Sie überlegt, was sie tun soll. Es ist nicht, dass ihr der Mann nicht gefallen könnte, und es ist nicht, dass sie nicht doch auf seine ersten Worte gespannt wäre, aber alles, was nach diesen ersten Worten kommen würde, erscheint ihr sinnlos, und sie läuft die schmale Treppe in den Keller hinunter zu den Toiletten, wo im Vorraum ein Telefon hängt. Sie wählt eine Nummer, jemand meldet sich, Judith legt auf, als sie den Mann von der Bar die Treppe herabsteigen sieht, sie lächelt ihn an, zögert, läuft aber dann doch hinaus.

Natürlich könne sie Johanna sehen, sagte die Dienst habende Schwester auf der Station, sie müsse nur auf den Arzt warten. Es dauere nicht mehr lang, sie solle im Gang warten.

Immer wieder ging Judith vor den geschlossenen Türen auf und ab.

Neben den Türen hingen Schilder mit Buchstabenkombinationen. Keine Namen. Nirgendwo. Als ob hinter den Türen keine Menschen, sondern Maschinen arbeiteten. Blutstillmaschinen. Operationsmaschinen. Narkosemaschinen. Nähmaschinen. Verbandsmaschinen. Computer.

Es ärgerte sie jetzt, dass die Mutter nichts über Johannas Zustand gesagt hatte. Dass Judith es nicht geschafft hatte, sie zu fragen. Dass trotz Johannas Unfall nichts geblieben war, außer der starren Haut ihrer Illusionen, die sie um sich zog, immer fester, bis sie mit den Knochen verwuchs, versteinerte.

Judith war weitergegangen, um die Ecke des Gangs gebogen, blickte durch eine offene Tür in ein Zimmer. An einem Schreibtisch in der Mitte saß grell beleuchtet von einer vor ihm herunterhängenden Glühlampe ein Mann, schwerfällig hing sein Körper zur einen Seite, als zöge etwas seine Schulter nach unten, ebenso wie in seinem glatten Gesicht die Wangen sich schon gesenkt hatten. Er stützte sich auf den linken Ellbogen, in der rechten Hand hielt er einen Stift, aber ob er schrieb, konnte sie nicht erkennen. Unschlüssig überlegte sie, ob es richtig sei, hier in der offenen Tür zu warten, ob sie nicht besser in das Schwesternzimmer zurückgehen und fragen sollte, ob der Arzt schon gekommen sei. Den Gang in der anderen Richtung weiter geradeaus lagen die Krankenzimmer, und sie erinnerte sich, dass Johannas Zimmer eines der letzten gewesen war.

Niemand würde sie zurückhalten, wenn sie einfach nach hinten ginge. Aber vielleicht war Johanna verlegt worden, vielleicht war sie überhaupt noch nicht auf die Station zurückgekehrt. Sie hatte die Mutter und den Arzt in keines der Zimmer gehen sehen. Mit jeder Minute, die sie vor der offenen Tür verbrachte, schien es ihr unmöglicher, den Arzt anzusprechen, der sie bestimmt schon bemerkt hatte. Wie eine Bittstellerin, die Angst hat, lästig zu fallen, blickte sie scheu in das Zimmer. Hinter dem Schreibtisch hob sich eine Aktenwand bis zur Decke. Sie wusste nicht warum, aber sie hatte sich entschieden, anzunehmen, dass es ein Arzt war, der dort saß. Sie konnte aufgrund seiner dickrandigen Brille nicht sehen, ob er doch zu ihr herüberblickte und vielleicht nur zu schreiben vorgab.

Außerdem war sie sich nicht sicher, ob es der Arzt war, mit dem sie vor einigen Tagen schon gesprochen hatte; von dem Gespräch hatte sie nur noch Bruchstücke im Kopf, keine Erinnerung, die verlässlich genug war, um ihn darauf anzusprechen.

Sie beschloss zum Schwesternzimmer zu gehen und noch einmal zu fragen, drehte sich schon von der Tür weg, da hörte sie plötzlich seine Stimme.

»Kommen Sie«, rief er, »kommen Sie herein.«

Sie tastete sich zögernd in den Raum, weil er nicht aufsah, blieb vor dem Schreibtisch stehen. Sie sah an den Wänden neben den Akten die aufgehängten Tafeln mit Nasen und Ohren in verschiedenen Formen und Farben. Sie sah, dass der Arzt ein Gesicht zeichnete. Linien verliefen von den Ohren über die Wangenhügel in Kurven durch die untere Hälfte, die Augen fehlten noch ganz. Judith überlegte, ob seine Worte bedeuteten, dass sie wieder gehen sollte, aber dann sagte er, dass er seine Konzeptionsarbeiten immer mit der Hand erledige, dass die Kollegen mit dem Computer Gesichter zusammenschnitten, die wie Abziehbilder aus dem Katalog aussähen.

»Ich möchte meine Schwester besuchen«, sagte Judith und sah jetzt an der Schmalseite des Schreibtisches einen Stuhl, auf den sie sich gerne gesetzt hätte. Aber sie wagte es nicht.

»Keine Liebe zum Detail.«

Er zeichnete weiter.

Es interessiert ihn nicht, dachte Judith, ich muss etwas sagen, was ihn interessiert.

»Man macht selber genug Fehler«, sagte er, »hier: die Ohren zu hoch angesetzt, die Mundwinkel zu schroff. Immer entscheiden Millimeter.«

»Meine Schwester ist hier auf der Station«, sagte Judith.

»Präzision ist nicht Genauigkeit«, sagte der Arzt, »aber Genauigkeit ist wichtiger.«

Sie erwog jetzt, ihn dazu etwas zu fragen, um ihn auf sich aufmerksam zu machen, aber sie bezweifelte, dass er zuhören würde, und beschloss zu gehen.

»Und Sie?«, fragte er auf einmal.

Ich, dachte Judith. Sie sah, wie er die Augen fertig skizziert hatte und nun in das Gesicht anstatt einer Nase einen Elefantenrüssel zeichnete.

»Sie haben doch Lippen. Sie haben Augen. Sie haben Ohren. Was wollen Sie von mir?«

Er nahm einen Radiergummi und radierte den Rüssel wieder aus. Dann sah er sie über die Brille hinweg an.

»Ihre Brüste sind weder zu groß noch zu klein. Ich kann sie nicht besser machen. Ich will es auch nicht.«

Er zeichnete weiter. Judith sah an ihrem Oberkörper nach unten, dann wieder auf das Blatt.

»Die Augen sind zu groß«, sagte sie, »Männer zeichnen die Augen immer zu groß.«

»Wir machen immer zu viel«, sagte er.

»Es geht nicht um mich«, sagte Judith, »es geht um meine Schwester.«

»Für Ihre Schwester gilt das Gleiche.«

»Sie bekommt eine neue Haut«, sagte Judith verzweifelt.

»Eine neue Haut?« Er sah verblüfft von dem Blatt auf, schüttelte den Kopf, »was soll man mit einer neuen Haut?«

Dann zeichnete er weiter: »Wir machen immer zu viel. Neue Haare, neue Hände. Schauderhaft. Unsere Operationssäle sind Metzgereien. Nicht, weil Blut fließt. Das war immer so. Aber jeder will heute nur das beste Stück. Lende oder gleich Filet. Keiner schätzt mehr das Ganze. Wir hatten einen, der wollte den Bart seines verstorbenen Vaters transplantiert haben. Können Sie sich das vorstellen?«

»Nein«, sagte Judith.

»Wir haben ihn eingewiesen«, sagte der Arzt, »obwohl von medizinischer Seite keine Gründe dazu bestanden. Vermutlich war es sein Wunsch.«

»Ich möchte zu meiner Schwester«, sagte Judith.

»Es stimmt«, sagte er, »man zeichnet die Augen immer zu groß. Wie heißt Ihre Schwester?«

Judith sagte es, und er stand langsam auf und drehte sich zu den Akten um.

»Johanna«, sagte er, »ja doch. Eine Frau. Geringe Überlebenschance. Ich erinnere mich. Wie lang ist das her?«

»Ich will nur wissen, in welchem Zimmer sie liegt«, sagte Judith, ohne den Arzt aus ihrem Blick zu lassen.

»Ich weiß nicht, wo sie ist.«

Kurz begegneten sich ihre Blicke, dann standen sie sich schweigend gegenüber.

»Sie ist operiert worden«, sagte Judith so leise, dass er es kaum verstehen konnte, sie hatte nicht auf eine Antwort gehofft. Nur um etwas zu sagen, hatte sie es gesagt, um nicht zu ersticken, und sie wunderte sich, dass er ihr mit genauso leiser Stimme antwortete:

»Dann muss sie hier sein.«

Judith überlegte, warum das sein musste, und fragte dann, ob es möglich sei, dass sie zu ihr dürfe.

»Das ist möglich«, sagte der Arzt, »jetzt aber leider nicht.«

Es sei gleich Dienstwechsel, führte er aus und er habe keine Entscheidungsbefugnis. Er müsse für morgen die Nase fertig zeichnen, so wäre es besser, wenn Judith auf den Dienst habenden Arzt der Nachtschicht warte, wobei es wohl zu spät sei, wenn er käme; während der Nacht seien keine Krankenbesuche erlaubt. Vielleicht können die Schwestern etwas bewirken, sagte er.

»Endlich«, sagte Vleutz, als Judith vor ihm stand, »es ist schon verdammt spät.«

»Ich habe Johanna nicht sehen dürfen«, sagte Judith und setzte sich neben ihn.

»Warum nicht?« Vleutz winkte der Kellnerin.

»Ich weiß nicht«, sagte Judith, »ich habe plötzlich keine Kraft mehr gehabt.«

»Ich hätte mitgehen sollen, bei dem Lärm kann man nicht arbeiten, dann wären wir schon längst auf der Autobahn und es hätte wenigstens was gebracht.«

Vleutz nahm ihren Arm und führte sie durch das Café zum Auto:

»Am Ende wird es wieder dunkel und regnet und wir geraten wieder in so ein Wetter. Ich hasse es, im Dunkeln zu fahren. Keinen Überblick zu haben.«

Judith saß neben ihm, froh, ihn nicht ansehen zu müssen, und wollte nichts hören, versuchte nur an Johanna zu denken.

»Übel«, sagte er, »dass es bei Ärzten immer so lange dauert. Dass sie überhaupt keine Rücksicht nehmen. Ich weiß noch, wie meine Mutter krank war. Nur Theater. Du willst gesund werden und musst dich mit Typen auseinander setzen, die meinen, sie seien etwas Besseres. Ich kann mir so was nicht erlauben.«

Judith starrte auf die weißen Bänder der Fahrbahnmarkierung und versuchte sich vorzustellen, dass nicht er es war, der da redete, sondern ein Fremder, der zufällig neben sie geraten war, in einem öffentlichen Bus oder Zug, vertieft in ein Gespräch mit jemandem, den sie nicht sah.

»Du musst dich durchsetzen«, sagte er, »du musst auf den Tisch hauen. Die verstehen nichts anderes.«

»Immer wenn ich irgendwo bin, möchte ich nur immer weg«, sagte Judith so leise, dass er es kaum hören konnte. »Als hätte ich etwas in mir, was mich wegstößt, aus der Bahn treibt. Ich stehe in dem Gang und denke daran wegzulaufen. Ich kann mich nicht konzentrieren. Ich weiß nicht, was ich sage, ich habe das Gefühl, ich darf nicht da sein, ich muss fort. Aber ich weiß nicht wohin.«

Judith sah, dass Vleutz müde war.

»Ich glaube, Johanna wird sterben«, sagte sie, damit er ihr weiter zuhörte, aber weil sie diesen Satz ausgesprochen hatte, standen die Worte plötzlich vor ihr, große Buchstaben auf einem Band, auf das sie zufuhren, das sie umschloss, einhüllte, allem entzog, was um sie war. Sie mochte nichts mehr sehen, hörte nur noch: den Fahrtwind, das Rauschen der Leitplanke, ihre eigenen Worte: Ich glaube, Johanna wird sterben.

»Bestimmt nicht«, sagte Vleutz.

Aber sie hört es kaum, ist sich ganz nah, klettert in den Schneckengang ihres Ohrs, hockt zwischen den runden Echowänden, an denen die Geräusche leise und freundlich abklingen, nicht zu ihr kommen. Ich möchte nicht mehr zurück, nie mehr.

Neben der Autobahn sah sie, wie sich die Mähdrescher durch die Felder fraßen. Die Hügel schmolzen in den Staubfahnen hinter den Maschinen. Hochspannungsmasten zerrissen das Weiß des Himmels und Judith begann sich schon wieder mit jedem Meter, der unter dem Wagen verschwand, zurückzusehnen.

Vleutz konnte kaum noch die Augen offen halten. Judith sah zu, wie der Wagen erst geradeaus fuhr, dann aber auf die andere Spur, auf das Leitplankenband zusteuerte. Sie merkte, dass sie sich festhielt, sie sah eine Mauer vor sich, stemmte die Beine gegen den Boden, bis er das Lenkrad zur Seite riss, den Schlaf abschüttelte, sich die Augen rieb.

Danach fuhr er langsamer.

Judith schloss ihre Augen: Sie sieht das Leitplankenband näher kommen, leicht und unhörbar überspringen sie es, drehen sich in der Luft, bis etwas fällt, dunkel wird, dunkel und ruhig, wie eine Decke, unter der sie verschwindet.

»Wenn sie stirbt«, sagte Judith, als sie wieder nach vorne sah, »ich meine nur: Wenn. Wenn es so ist, dann hätte ich gerne gewusst, wie es passiert ist. Ich meine den Unfall. Ich hätte es gerne verstanden. Den letzten Augenblick. Ich glaube, es würde mir leichter fallen.«

Sie merkte, dass er nicht zuhörte.

»Ich kann es mir nicht vorstellen. Diesen Moment vor dem Unfall.

Wenn sie auf einen Brückenpfeiler zufahren, wenn sich alles in sie drückt. Ich möchte wissen, ob sie geschlafen hat. Ob sie aufgewacht ist und wann. Ich möchte wissen, ob es wehtut. Wenn ich einmal zusehen dürfte. Wie sie die Menschen herausholen, nur einmal verstehst du?«

»Nein«, sagte er, »wenn sie tot ist, wozu. Das Leben geht weiter, man muss an das Danach denken.«

An das Danach, dachte Judith. Am Morgen teilen sie den Eltern mit, dass Johanna in der Nacht gestorben sei. Die Mutter legt den Hörer zurück und sieht sich um, ob der Vater hinter ihr steht. Im Krankenhaus auf der Station erfahren sie, dass der behandelnde Arzt nicht da ist, und im Schwesternzimmer fragen sie, ob noch etwas zu erledigen sei. Johannas Sachen bekommen sie im Keller in einem Plastikbeutel ausgehändigt, in den sie nicht hineinschauen, als sei das unpassend, ungehörig. Sie gehen fast wortlos, mit einem kurzen Dankeschön und einem Schein für die Kaffeekasse. Die Mutter trägt die Plastiktüte an zwei Fingern neben sich her. Am See laufen sie die Uferpromenade entlang, nebeneinander, ohne sich zu berühren, jeder in Gedanken an das Danach, das alles mit einer Hülle umgibt, an der sich nichts festmachen lässt. Die Mutter hätte gern die Hand des Vaters genommen, die in seinem Mantel steckt, aber sie wagt es nicht. Sie sagt, wir müssen Judith anrufen, als sie zurück am Auto sind. Alle werden sie vergessen, sogar die Eltern, dachte Judith, sie wird mehr als tot sein.

»Es gibt kein Danach«, sagte Judith, »wenn Johanna tot ist, will ich auch nicht mehr leben.«

»Du bist hysterisch.«

Vleutz bremste, weil vor ihnen ein Laster einen anderen überholte. Judith hielt sich fest, wusste einen Augenblick nicht, ob sie richtig gehört hatte. Vorsichtig sah sie ihn an, er merkte es nicht.

»Halt an«, sagte sie ohne nachgedacht haben, »halt sofort an.«

»Ich kann nicht anhalten. Ich habe einen Termin.«

Er sah weiter geradeaus.

Dann bremste er aber doch bei der nächsten Ausfahrt und hielt. Judith riss die Tür auf, lief über den Parkplatz, ohne sich umzusehen. Vorne sah sie den Dampfersteg. Wenn Johanna tot ist, will ich auch nicht mehr leben. Keinen Ort gab es mehr für sie, nirgends. Sie wartete auf das Türenschlagen, darauf, dass Vleutz mit dem Wagen hinter ihr wegfuhr, aber sie hörte nichts.

Sie lehnte an der Brüstung und sah auf das Wasser. Der See lag windstill, dumpf vor den Hügeln. Bewegungslos steckten die Dreiecke der Segelboote im grünen Gallert.

Sie tauchte aus ihren Gedanken auf, als er seinen Arm um ihre Schulter legte.

»Du weißt doch nicht, wie es ist«, sagte er, »vielleicht geht es ganz leicht. Eine Erlösung. Einfach Ruhe haben. Nichts ist mehr. Wenn Johanna stirbt, vielleicht stellen wir es uns nur schlimm vor, weil wir selber leben.«

»Hör endlich auf«, schrie er plötzlich.

Judith drehte sich aus seinem Arm und rannte von ihm fort, am Wasser entlang, bis er sie einholte, festhielt, ihren Körper an seinen drückte.

»Steig ein«, keucht er, ohne sie loszulassen, seinen Atem spürt sie in ihrem Haar.

So denken die, die kein Mitleid kennen, denkt Judith, während sie sich von ihm am See entlang führen lässt.

Dann schlägt er vor, in ein Café zu gehen.

»Und dein wichtiger Termin?«, fragt sie, er zuckt mit den Schultern, und sie versteht nicht, warum er schon wieder lächelt.

Dicht saßen sie vor den Glasscheiben nebeneinander und hörten unter den Holzbohlen unter sich das Wasser. Sie sah ihn an, es schien, als lebte er sich jetzt in ihr Schweigen ein, es machte ihm wohl nichts, dass sie nichts mehr sagte. Selbst das ist einfacher für ihn, dachte sie wütend, er sitzt nur hier, weil er die Wohnung will.

Man darf nicht schweigen. Handeln. Etwas tun. Wie Johanna sterben. Büßen. Sie würde für die Nacht mit Sobowski büßen. Wenn sie genau wie Johanna in einem Wagen verbrannte. Wenn sie selber gegen einen Brückenpfeiler fuhr. Wenn sie spürte, wie Johanna gestorben war. Sie hätte Johanna wiedergefunden.

Plötzlich wusste sie, dass sie das tun musste, und lächelte, ohne es zu merken. Unsagbar schön erschien ihr die Lösung, die sie gefunden hatte, niemand konnte sie daran hindern. Kein Arzt, kein Vleutz, Anton nicht, kein Mensch, niemand. Sie brauchte nur ein Auto, das sie steuern konnte, einen Mann, der neben ihr saß, damit es genauso wie bei Johannas Unfall war.

Als Vleutz sah, dass sie lächelte, rief er die Bedienung, um zu zahlen, legte auf dem Weg zum Auto einen Arm um sie. Judith sah immer noch ein brennendes Auto vor sich und ließ ihn gewähren.

Er fuhr unerklärlich langsam die Uferstraße entlang, bog nicht auf den Autobahnzubringer ab. Er schien nachzudenken, legte eine

Hand auf ihren Oberschenkel, als die Straße in einen Wald tauchte, in das fleckige Licht, das durch die Bäume fiel.

»Hier war ich einmal als Kind im Urlaub«, sagte er, »irgendwo hier habe ich zum ersten Mal ein Mädchen geküsst.«

Dann brauchte er aber beide Hände zum Fahren, weil er nach links in einen Waldweg bog, und Judith zog ihre Beine an, so dass für seine Hand kein Platz mehr blieb.

Langsam rollte der Wagen durch die Schlaglöcher, schwankte. Zwischen den Ästen über der Windschutzscheibe blieb nur ein schmaler Streifen, in dem der Himmel nach vorne fiel, sich zum See senkte, mit dem Weg zwischen dem Gebüsch, das immer dichter stand, am Wagen zu hören war. Der See, in den der Himmel floss, die Striche von Blau, die sich nach unten auflösten, abtauchten.

Vleutz beugte sich über sie, aber ihre Beine waren seinen Händen im Weg.

»Komm«, sagte er, »ich will dich.«

»Nein«, sagte sie, als er ihre Beine vom Sitz drückte, von unten ihren Körper hoch strich, lächelte.

»Du musst an etwas anderes denken«, sagte er, »wir gehören zusammen. Ich bin verrückt nach dir. Wenn Anton draußen ist, dann gibt es nur noch uns«, flüsterte er.

»Nein«, sagte Judith.

»Du musst mir glauben, verstehst du? Du musst.«

Judith blickte an ihm vorbei, der Himmel floss weiß zwischen den Zweigen. Ihr Gesicht drehte sie weg, um nicht seinen Atem zu hören. Er hielt ihre Hände fest, ließ wieder los, sie wehrte sich nicht. Er war ein trotziges gefährliches Kind. Er hatte gesagt, sie sei hysterisch. Er hatte sie nicht verdient, nichts hatte er verdient. Er zog ihr Kleid hoch, Judith wollte den See sehen, drückte sich nach oben gegen sein Gewicht, das Ineinanderfließen sehen, wünschte sich fort, wünschte sich unten am See zu sein. Er drückte sich zwischen ihre Beine, sie achtete nicht mehr auf ihn, öffnete sich, damit der Kampf zu Ende ging. Er hat es nicht verdient zu leben, dachte sie, die Häuser, die Menschen, Anton und ich. Er hat es genauso wenig verdient wie ich. Wenn Johanna tot ist, werden wir büßen. Das ist es, was uns verbindet, erkannte sie auf einmal und zog ihn an sich und küsste ihn.

Ich werde fahren, dachte sie, als sie seinen salzigen Mund schmeckte. Ich werde dich betrunken machen, dir ein Schlafmittel in dein Glas schütten, die Autoschlüssel nehmen und du wirst neben mir sitzen. Ganz ruhig, ahnungslos, wirst du dich hinsetzen, ich werde dir gut zureden, sagen, ich werde vorsichtig fahren, du kannst schon schlafen. Und wenn du schläfst, werde ich den Sicherheitsgurt lösen, ohne dass du es merkt. Zuerst deinen, dann meinen. Ich werde immer schneller fahren, bis wir den See erreichen oder das Meer, eine Stelle, die aussieht, wie jene, an der Johannas Unfall passiert ist. Ich werde auf die Überholspur wechseln, noch mehr Gas geben, auf den Brückenpfeiler zufahren, mit offenen Augen.

5. Kapitel

Es gab immer wieder Momente, in denen er glaubte, sich vergewissern zu müssen, dass es Vleutz überhaupt gab. Er war sich dann nicht mehr sicher, ob es auf der anderen Seite der Tür, hinter der er wartete, noch das Haus gab. Ob vor dem Haus noch eine Straße war, durch die er gehen konnte, wenn es vorbei war. Es war jetzt die zweite Nacht, die er im Dunklen auf Vleutz wartete, und er hielt das Warten fast nicht mehr aus.

Manchmal wusste er nicht mehr, warum er Vleutz töten wollte, dann sah er sich wieder nach den Skulpturen suchen und konnte sich nicht vorstellen, etwas anderes zu tun.

Anton hatte sich in der gegenüberliegenden Wohnung versteckt, als er die Tür dort offen stehen sah.

Er setzte sich im Dunkel auf den Stuhl neben die Tür. Das Beil lehnte griffbereit an der Wand.

In den ersten Stunden hatte er versucht, die vergehende Zeit an den Schlägen der Kirchturmuhr zu schätzen. Als am Abend die Geräusche nachließen, horchte er, ob zu hören war, was er draußen versäumte. Er versuchte sich damit zu trösten, dass ihm keine Wahl blieb. Was ihn dann am Morgen erstaunte, war seine Gleichgültigkeit. Er ging in die Küche, um Wasser zu trinken, kehrte gleichmütig an die Tür zurück. Erst gegen Mittag spürte er eine neue Spannung, die ihn festhielt. Er konnte hier von der Polizei nicht gefunden werden und – er war seinem Ziel noch niemals so nahe gewesen, er brauchte nur ein wenig Geduld.

Aber dann hielt er es nicht mehr aus. Nervös ging er hinter der Tür auf und ab, war plötzlich hungrig, begann in den Schränken zu suchen, fand aber nichts.

Als es am Abend draußen wieder still wurde und er sich nur noch selber in der Dunkelheit hörte, war er nahe daran aufzugeben. Aber noch wehrte er sich dagegen, stellte sich vor, wie er verhört werden würde: die unentschlossenen Gesichter der Polizisten, denen er immer nur den einen Satz wiederholte: Ich habe ihn seit Tagen nicht gesehen, keine Ahnung, er ist oft verreist.

Im Schlaf fiel sein Kopf vornüber, die Polizisten kamen die Treppe herauf, immer wieder sah er sie hintereinander das Treppenhaus heraufsteigen, sie wussten alles, und er lief davon, durch das Treppenhaus nach oben, dem Himmel zu, und nur die unendliche Zahl der Stufen hinderte sie daran, ihn einzuholen.

Als er erwachte und die Schritte wirklich hörte, ganz nah, fast oben, fand er in der Aufregung nicht gleich das Beil. Er hörte mit angehaltenem Atem, wie ein Schlüsselbund aus einer Tasche gezogen wurde. Ohne das Beil aus den Händen zu lassen, tastete er sich zum Türspion vor, stieß gegen den Stuhl, konnte mit einer Hand verhindern, dass er umfiel, stand, den Stuhl in der Hand, vornübergebeugt, den Blick auf das Beil in der anderen Hand gerichtet, mühsam das Gleichgewicht haltend.

Sie waren zu zweit gekommen. Judith hielt die Schlüssel in der Hand, Vleutz stand hinter ihr und sagte etwas, was Anton nicht verstand. Er konnte nur zusehen, mit einem Auge, das er gegen den Türspion drückte, während er versuchte, mit dem Beil nicht an die Tür zu stoßen.

Gleich würde sich Judith umdrehen, nach einer kurzen Verabschiedung die Wohnungstür aufschließen und in der Wohnung verschwinden, gleich drehte sich Vleutz um, Anton fasste das Beil fester, um Vleutz entgegenzutreten.

Aber Judith schloss die Tür nicht auf.

Was soll das, dachte Anton ungeduldig.

Vleutz strich vorsichtig über Judiths Arm, und Anton ärgerte sich, dass er es nicht lassen konnte, sie auch noch anzufassen. Anton wischte sich die Hände an der Hose ab.

Als er sah, wie sich Judith und Vleutz küssten, ließ er das Beil los. Es rutschte aus seiner Hand, schlug mit dem Stiel auf den Boden. Anton fluchte, sah nach draußen, sie hatten nichts gehört. Er wollte nicht weiter zusehen und sah doch weiter zu. Er sah die Hände von Vleutz an ihren Hüften, er sah, wie sich Judiths Hände an sein Hemd klammerten.

Wenn ihr nicht aufhört, bring ich euch beide um, dachte Anton. Aber sie hörten nicht auf. Anton ließ das Beil sinken, stellte es neben sich an die Wand. Wem half er, wenn er Vleutz umbrachte. Warum sollte er seinen Kopf hinhalten.

Dann raffte er sich noch einmal auf und zog die Tür auf, um zu hören, was sie sprachen. Sie standen sich gegenüber, er hielt sie noch immer fest.

»Wenn er jetzt da wäre«, sagte Vleutz, »er muss doch nur unterschreiben.«

Judith lächelte und drückte ihn weg, um die Tür aufzusperren.

Ich werde es doch tun, dachte Anton, ich muss es tun.

Er sah, wie Vleutz einige Momente vor der offenen Tür stand. Entschlossen drehte sich Anton um, aber bevor er das Beil erreicht hatte, hörte er schon Vleutz' Schritte im Treppenhaus leiser werden.

Zuerst wollte er hinterher, dann besann er sich und suchte seinen Schlüsselbund. Die Schritte waren kaum noch zu hören. Er ließ das Beil stehen und lief in die eigene Wohnung, an Judith vorbei, in sein Zimmer und sah aus dem Fenster, ob Vleutz unten zu sehen war.

Vielleicht war er auch nach oben gegangen. Vielleicht holte er nur etwas und kam gleich zurück. Vor dem Haus stand nur der Lieferwagen einer Metzgerei, aus dem sie ein Schwein entluden. Aber auf der anderen Straßenseite stand der Wagen von Vleutz. Vleutz musste noch im Haus sein. Wahrscheinlich war er nach oben gegangen. Ohne auf Judith in der Küche zu achten, lief Anton wieder hinaus. Es war ihm jetzt alles egal. Als er das Beil endlich in den Händen hielt, hörte er schon die Schritte und duckte sich in die Ecke neben den Türstock. Es waren langsame Schritte, vielleicht trug er schwer, hatte die Hände nicht frei. Umso besser, Anton atmete tief, schüttelte sich die Arme aus. Er sah es vor sich: wie Vleutz zusammensackte. Wie er ihn schnell in diese Wohnung ziehen würde. Wie er die Tür hinter dem toten Vleutz zuschnappen ließe. Wie er dann nur noch das Beil beseitigen musste. Und später Kalk über Vleutz streuen. Schade, dass es kein Begräbnis geben würde.

Anton schloss die Augen, als er auf den Gang trat. Das Beil fest in den Händen. Er würde Vleutz erst im Moment des Zuschlagens in die Augen sehen. Anton hob das Beil über den Kopf, sah, dass die Gestalt die ganze Breite des Treppenhauses ausfüllte, als er die Augen öffnete.

»Ja so«, schrie Willy auf den letzten Stufen, »das ist doch schon hin.«

Keuchend drückte er sich an das tote Schwein in seinen Armen, das zu schwer war, um es als Schild gegen das immer noch erhobene Beil von Anton zu halten. Anton versuchte das Gleichgewicht wieder zu finden.

Sekunden geschah nichts. Dann ließ Willy das Schwein fallen. Es schlug auf die oberste Stufe der Treppe, mit dem Kopf nach unten, rutschte kaum, blieb einfach liegen.

»Das war zu viel jetzt«, keuchte der Willy.

»Warum haben Sie nichts gesagt«, sagte Anton, ließ das Beil sinken und versuchte zu verstehen, was passiert war, »ich hätte Ihnen schon geholfen.«

»Sonst geht's immer«, sagte Willy. Sein Blick wechselte zwischen Antons Gesicht und dem Beil, das stumm neben Antons Knien hing.

»Immer«, wiederholte Anton, ohne zu wissen, was er meinte. Er hatte wieder Schritte gehört, diesmal von oben.

Anton hätte jetzt gern das Beil in die Wohnung zurückgestellt. Aber Willy starrte es unverwandt an, als fürchte er, Anton könne doch noch zuschlagen, bereit, bei der kleinsten Bewegung etwas dagegen zu tun. Dann stand Vleutz vor ihnen.

»Ist das Ihr Schwein?«, fragte er Anton.

Anton schüttelte den Kopf, sah Willy an, wobei er das Beil leicht anhob. Willy sah das Beil. Willy sagte, dass Schweinefleisch im Sonderangebot sei.

Aber er sah nicht glücklich aus dabei. Vleutz schien zu überlegen, ob das ein Kündigungsgrund sein könnte, als Judith aus der Wohnung trat.

»Was will er mit dem Schwein?« Vleutz drehte sich zu ihr um.

»Er ist Künstler«, sagte Willy.

»Künstler?«, fragte Judith.

»Ja so«, sagte Willy.

»Ein freier Künstler darf die Dinge zueinander stellen, wie er will. Sie müssen nur zusammenpassen«, sagte Anton, der das Gefühl hatte, jetzt etwas sagen zu müssen.

»Aber nicht in meinem Haus«, sagte Vleutz.

»Wenn jemand nicht sieht, dass sie zusammenpassen, ist das sein Problem«, sagte Anton, »das gilt auch für Schweine im Treppenhaus.«

»Genau«, sagte Willy.

»Alles Unsinn«, sagte Vleutz und stieg über den Schweinekopf, um nach unten zu gehen.

Als Willy sah, dass er gleich hier oben mit Judith und Anton allein sein würde, entschied er sich, Vleutz zu folgen.

Anton hatte noch immer das Beil in der Hand und blickte auf die Fleischmasse vor sich.

Er wollte jetzt nur noch alleine sein.

In seinem Zimmer beugte er sich verschwitzt über den Körper, strich über die Haut unter den Borsten. Er kniete sich vor den Kopf, blickte in die kleinen dunklen Augen. Es ist nicht meine Schuld, dachte er, aber er sprach es nicht aus. Er legte seinen Kopf auf den Kopf des Schweins, das Fleisch roch nach Milch und Blut.

Anton hörte Judith in der Küche Geschirr aus den Schränken räumen. Sie hat mich verraten, dachte er. Aber Verrat war ein zu altmodisches Wort für das, was sie getan hatte. Er lief neben dem toten Tier auf und ab, aber ihm fiel kein besseres Wort ein. Er blieb am Fenster stehen. Wie das Gerüst wird alles zusammenbrechen, dachte er. An den Fenstern klebte der Staub, in dem sich das Licht fing, in hell schimmernde Flächen auflöste. Anton zeichnete Linien in den Staub. Vielleicht war es auch kein Verrat. Vielleicht hatte sie es nur getan, um näher an Vleutz heranzukommen. Anton selbst hatte sie in seine Arme getrieben. Anton strich sich den Staub mit den Fingern über die Stirn, auf die Wangen, über die Lippen, schmeckte mit der Zungenspitze den sandigen Stein.

Sie hätte es nicht tun dürfen, dachte er.

Er zog das Messer zwischen zwei Skizzenblöcken hervor, prüfte die Klinge und die Spitze. Er rieb seine Hände an der Hose trocken. Vor den blinden Fenstern staute sich das Mittagslicht.

Vorsichtig hob er mit zwei Fingern die Spitze des Ohrs an und schob mit der andern Hand vorsichtig das Messer darunter in das Fleisch, schnitt am unteren Rand entlang, bis er merkte, dass er das Ohr gleich abschnitt. Erschrocken ließ er los und wich zurück. Es baumelte seitlich an einem schmalen Streifen. Es ist sinnlos, ein Ohr abzuschneiden, dachte er, wohin sollte er mit dem Ohr. Vorsichtig schob er es vor die Öffnung zurück.

Später, als es schon dunkel war, saß er am Tisch und sah Judith zu, wie sie noch einmal die Schränke kontrollierte.

Sie habe alles mitgenommen, sagte sie, was ihr gehöre. Die Kaffeemaschine wolle sie ihm lassen, die Salatschleuder später holen.

»Er hat meine Skulpturen zerstört«, sagte Anton und legte seine Hände vor sich auf den Tisch.

»Ich habe die Reste gesehen«, sagte Judith und wickelte Kaffeetassen in Zeitungspapier.

»Er hat mein Leben zerstört«, sagte Anton.

»Übertreib nicht«, sagte Judith und bückte sich, um die Kaffeetassen in den Karton zu schichten.

»Ich meine«, sagte sie dann, »ich verstehe dich, ich habe lange darüber nachgedacht. Über Vleutz. Es ist ganz einfach. Er hat ein Ziel und er glaubt, er müsse sich nur durchsetzen, um im Recht zu sein, weil es alle so machen.«

Sie knotete eine Schnur um das Besteck, sah dann zu Anton hinauf.

»Du wolltest wissen, wer ihn finanziert.«

Anton schwieg. Natürlich wollte er es wissen.

»Wir alle finanzieren ihn«, sagte sie, »niemand Bestimmtes. Es sind alle. Die ganzen Banken. Gegen die kannst du nichts tun. Es sind zu viele. Sparkassen, Vereinsbanken.«

»Ach was«, sagte Anton und stand langsam auf.

»Er macht es nur besser als wir«, sagte Judith, »er will nichts Besonderes sein. Er macht es wie alle. Holt sich Geld und …«

Anton wandte sich ab, ging an Judith vorbei.

»Er möchte dich sprechen«, sagte sie und zuckte mit den Schultern.

Anton blieb stehen, drehte sich zu ihr um. Jetzt die Arme nach ihr ausstrecken. Jetzt sie an sich ziehen, dachte er, aber er wusste nicht, warum er es gerade jetzt so wünschte.

»Ich mache ein Abschiedsfest«, sagte Judith, »ich werde ihn einladen.«

Ein Abschiedsfest. Anton ließ die Arme wieder sinken.

Ein Abschiedsfest, dachte er, als er in der Nacht aufgewacht war und nicht mehr einschlafen konnte. Ein Abschiedsfest für Judith, für Vleutz, für die Skulpturen.

In der Küche löffelte er die Reste aus dem Topf, in dem Judith etwas gekocht hatte. Weiche Tomaten, Paprika und Kartoffelstücke, die er am Gaumen zerdrückte. Ein süßlicher, bitterer Geschmack, der sich plötzlich entzog und erst mit dem nächsten Bissen wieder zu schmecken war. Er kratzte die festgebackenen Ränder ab, streute sich Salz auf die Hand und leckte es ab. Der Hunger blieb. Er stellte den Topf auf den Herd zurück.

In seinem Zimmer malte nur das Licht der Straßenlaternen Vierecke an die Wand. Die Haut des toten Körpers glänzte.

Er setzte sich auf das Bett und überlegte, was er noch zu tun hatte.

Wenn er das Gift von Henrik bekommen hatte, musste er nur noch den Auflösungsvertrag unterschreiben. Von Vleutz das Geld entgegennehmen. In kleinen Scheinen. Das Gift in Vleutz' Glas geben, wenn er aufs Klo ging. Abhauen. Johanna suchen.

Und wenn er sie gefunden hatte, war es vorbei mit dem Leben, das ihn durch die vergangenen Wochen und Monate getrieben hatte, gefüllt mit Erinnerungen, die zufällig Halt boten.

Rasender Stillstand, hatte jemand gesagt. Das war dann vorbei.

Dann hatte er Geld. Er konnte ein Atelier mieten, mit hohen Fenstern und Blick auf den Fluss. Mit Johanna am Ufer gehen, bis es dunkel ist. Mit Schuhen, an denen Laub klebt. Die frierenden Hände ineinanderverschränkt, so fest, dass man die Knöchel spürt. Mit Wind, der durch die Stadt fegt, an ihnen zehrt. Ins Atelier zurückgekehrt Licht machen, mit der Arbeit beginnen. Den Fall des Lichts, die Tiefe der Haut ergründen, mit den Augen und Fingern wiedergeben, was vergänglich ist, festhalten, sich festhalten, vergewissern, dass es einen gibt. Die Zeichnungen sammeln. Johannas Hände. Johannas Mund. Ihre Haut, ihr Gesicht. Immer wieder ihr Gesicht. In Folianten, gemaserten Mappen, mit Bändern an den Ecken verschnürt. Das Wasser der Haut, das Öl, die schimmernde Fläche auf dem Papier, See im Spätherbst, der erste Schnee. Dickfallende Flocken, die in den Straßen schmelzen, auf der nassen Haut der Stadt.

Anton legte sich zurück, zog die Bettdecke über sich, versuchte wieder zu schlafen. Er sah Johanna auf sich zulaufen, aber Johanna war nicht allein. Henrik ging neben ihr. Und als sie vor Anton standen, nahm Henrik ihre Hand. Anton drehte sich um. Es ginge auch ohne sie. Er brauchte eine Ausstellung. Dafür brauchte er Bilder. Er musste malen. Er sah sich vor der Staffelei stehen, tagelang, ohne anzufangen.

»Riechst du es nicht?« Judith hatte ohne zu klopfen seine Zimmertür aufgerissen.

»Ich rieche nichts«, sagte Anton und blieb liegen.

»Steh auf«, sagte Judith, »komm mit.«

»Das Fleisch ist ganz frisch«, sagte Anton.

»Riechst du es?«

Als sie im Treppenhaus standen, fragte Judith wieder, ob er nichts rieche. Anton sah, dass sie Angst hatte.

»Ich rieche nichts«, sagte er.

»Das ist Gas«, sagte Judith, »ruf die Feuerwehr.«

»Man muss ein Fenster öffnen«, sagte Anton, »das verfliegt.«

»Irgendwo strömt Gas aus, man hört es doch.«

»Ich höre nichts«, sagte Anton.

»Du willst nichts hören«, sagte Judith.

Sonst sei er doch immer der Erste gewesen, der die Polizei gerufen hätte. Und jetzt wo es darauf ankäme. Judith lief in die Wohnung zurück.

Es geht ganz schnell, dachte Anton. Wir merken es nicht einmal. Er bewegte sich nicht, wartete auf die Explosion.

»Sie sind gleich da«, rief Judith aus der Wohnung, »rühr nichts an. Beweg dich nicht.«

Vielleicht erkennen sie mich nicht, dachte er, vielleicht haben sie das Gerüst vergessen. Anton sah auf seine nackten Füße. Er streifte sich am Hosenbein die Steinchen von der Fußsohle. Ob er etwas zusammenpacken sollte, überlegte er dann, falls sie ihn gleich mitnähmen.

»Hast du keine Angst«, fragte Judith, während sie im Treppenhaus auf die Feuerwehr warteten. Er zuckte mit den Schultern.

»Schon«, sagte er, um sich nichts anmerken zu lassen.

Als sie die Sirenen hörten, standen sie sich noch immer gegenüber. Anton glaubte jetzt auch das Ausströmen zu hören, aber er sagte nichts. Er überlegte, ob er für den Abend ein Alibi hatte, ob die Frau, die er bezahlt hatte, für ihn aussagen würde, ob die Aussage überhaupt galt. Als die Sirenen abgestellt waren, hörten sie bis ins Treppenhaus das Motorendröhnen der Feuerwehrautos. Die Fenster zum Lichthof vibrierten.

Während sie das Haus durchsuchten, warteten Anton und Judith draußen in einem Feuerwehrbus. Anton hatte sein Gesicht in die Arme gelegt, sah zu Boden. Er überlegte, was er sagen konnte, falls sie ihn verhaften sollten.

Peinlich erschien es ihm, zugeben zu müssen, aus Wut das Gerüst zerstört zu haben.

Ich habe für eine Idee gelebt, legte er sich dann Worte zurecht. Die Idee, dass es gerecht ist, dass es unvermeidlich ist, das Notwendige zu tun. Dass mit jedem Haus, das er saniert, die Stadt ärmer wird. Dass wir alle ärmer werden. Dass ich getan habe, was ich nicht anders hätte tun können. Ich wollte ein Zeichen setzen und ich empfinde Reue, aber das entbindet mich nicht von der Erkenntnis, dass meine Tat notwendig war und wieder getan werden muss. Ich werde sagen, ich kann nicht anders, dachte er, ich werde es wieder tun.

Er sah auf seine Füße, er hatte nicht einmal Schuhe an.

»Ich habe Angst, dass wir nicht zurückdürfen«, sagte Judith, die hinter ihm saß.

»Ach was.« Anton ließ den Kopf unten, um nicht gesehen zu werden.

Er beobachtete aus den Augenwinkeln, wie es draußen langsam hell wurde.

Es gab Momente, da wünschte er sich, verhaftet zu werden, um hier nicht mehr ohnmächtig sitzen zu müssen. Dann stellte er sich vor, wie sie ihn unter Judiths Augen zu einem Polizeiauto führten, aber aus Judiths Augen sah ihn plötzlich Johanna mit an. Diese Vorstellung erstickte ihn fast und er stand auf. Doch neben dem Bus standen Polizisten und er ließ sich wieder fallen, duckte sich in seinen Sitz.

»Was meinst du, wer es war?«, fragte Judith, aber Anton antwortete nicht. Er dachte an den Abend, an dem er Johanna gezeichnet hatte. Er versuchte ihren Körper zu sehen. Ihre Augen. Die Schultern. Er presste die Lider aufeinander. Es gelang. Kein Schleier verwischte die Erinnerung. Ganz klar sah er Licht und Schatten auf ihrer Haut.

Und einen Augenblick konnte er sich an diese Erinnerung klammern, an das Glück, sie gezeichnet zu haben. Er war sogar froh, ihr nicht näher gekommen zu sein, sie nicht besessen zu haben. Nur als Zeichner konnte er ihr Bild in seinem Gedächtnis mitnehmen, es immer wieder neu in sich zeichnen, nur weil die Distanz geblieben war.

Hinter dem Feuerwehrhauptmann stieg ein Polizist in den Bus, und Anton dachte, nun holen sie dich.

»Sie essen viel Fleisch?«, fragte der Feuerwehrhauptmann und strich über seinen struppigen Schnauzbart.

»Nein«, sagte Judith.

»Nein?«, fragte der Feuerwehrhauptmann und sah Anton an.

»Nein«, sagte Anton, dem plötzlich übel wurde.

»Da liegt ein Schwein in Ihrer Wohnung«, sagte der Feuerwehrhauptmann in einem Tonfall, der deutlich machte, dass man ihn nicht vom Gegenteil würde überzeugen können.

»Ich weiß«, sagte Anton deshalb leise und beobachtete aus den Augenwinkeln den Polizisten.

»Ja so«, sagte der Feuerwehrhauptmann, »das wissen Sie also.«

Er schaute Judith, dann wieder Anton an. Er sagte, sie hätten das Leck gefunden, im Büro von Christian Vleutz unten im ersten Stock. Das Rohr wäre heute nicht mehr zu reparieren, deshalb hätten sie den Haupthahn abgesperrt. Sicher sei nur, dass jemand das Loch absichtlich hineingeschnitten habe.

»Danke«, sagte Anton, aber als er aufstehen wollte, fragte der Polizist, ob Anton Christian Vleutz kenne.

»Naja«, sagte Anton vorsichtig, »ich glaube, ihm gehört das Haus.«

»Wissen Sie, ob Christian Vleutz Feinde hat?«

Eine Fangfrage, dachte Anton bestürzt und war sich einen Augenblick sicher, dass der Polizist alles wusste, wirklich alles.

»Können Sie sich vorstellen, dass ihn jemand umbringen will?«

»Umbringen?«, fragte Anton bemüht harmlos.

»Nein«, sagte er dann ganz ruhig, überrascht, wie ruhig ihm das zu sagen gelang.

Der Polizist sah ihn an, zog die Augenbrauen hoch.

»Aber er ist doch nicht sehr beliebt«, sagte er gedehnt, als habe er immer noch nicht verstanden.

»Nein«, sagte Judith, und Anton merkte, dass der Polizist ihn dabei nicht aus den Augen ließ.

»Was heißt beliebt«, sagte Anton und sah Judith durchdringend an, »deswegen wird ihn doch niemand umbringen wollen.«

»Ein Gerüst, das einstürzt, ist das eine«, sagte der Polizist, »ein Haus in die Luft sprengen etwas anderes. Da helfen keine Beziehungen. Da wird so lange ermittelt, bis der Schuldige gefunden ist«, sagte der Polizist.

Er kann dir nichts tun, dachte Anton, er hat keine Beweise.

Der Polizist gab Judith seine Karte. Vielleicht brauchen sie auch keine Beweise, dachte Anton dann.

»Wenn Sie einen Verdacht haben«, sagte der Polizist, bevor er ausstieg, und Anton versuchte zu begreifen, ob er auch gemeint war.

Oben saß er in der Küche und hörte, wie still es draußen war. Auf der Tischplatte fing sich das wenige Licht der Dämmerung im hellen Holz, schimmerte an dem Horizont der Stuhllehnen, den Schrankwänden, die immer noch grau ins Dunkel fielen. Judith stand davor, ihr helles Gesicht flimmerte.

Worauf wartet sie, dachte Anton.

Das Dunkel war noch zu hören, ein Rauschen, das in den Ohren brandete. Das Haus verlassen, weggehen, dachte Anton. Sich nicht mehr umsehen. Nur noch denken: Das war dein Zimmer. Hier hast du gelebt. Die Tür offen stehen lassen. Die Treppe hinunterlaufen, den Schlüssel in den Briefkasten werfen. Stehen bleiben und doch zurücklaufen, um die Wohnungstür zu schließen. Um endgültig fort zu sein.

»Du hast ihn geküsst«, sagte Anton.

»Ich wollte ihn nicht küssen«, sagte Judith, »ich musste es tun.«

»Ach was«, sagte Anton.

Aber es war ihm gleichgültig. Er hatte nur Angst, doch noch verhaftet zu werden, weil sie Vleutz verhörten oder den Metzger-Willy. Weil herauskam, dass er das Gerüst zum Einsturz gebracht hatte.

In den folgenden Stunden beobachtete er die Straße, und als er sicher war, ungesehen das Haus verlassen zu können, lief er zur U-Bahn. Er schlüpfte durch die Notausgangstür ins Dunkel und lief Richtung Norden. Nicht immer gelang es, in eine Nische oder einen Seitengang auszuweichen. Er zitterte, wenn die Züge an ihm vorbeischossen, presste den Kopf mit zusammengedrückten Zähnen an die Wand, bis es wehtat. Dann war es immer still, viel stiller als es wirklich sein konnte. Er merkte, dass er in den Sekunden nach dem Zug an nichts dachte. Und mit einem Mal bekam er Lust, es zu spüren: Das feine Vibrieren des Bodens, den Wind, der über seinen Körper strich, weitergedrückt wurde, das Aufblitzen der Lichter auf den Schienen als Signal zu sehen, sich an die Wand zu werfen, für einige Momente wie ausgelöscht zu sein. Er ging noch langsamer, um es immer wieder zu erleben.

Mittags erreichte er das Ende des Tunnels. Hinter dem Stellwerk duckten sich die Holzschuppen. Auf der anderen Seite lagen die silbrig glänzenden Triebwagen, wie in der Hitze ausgestreckte schlafende Hunde.

Anton ging am Zaun des Depots entlang, einen Pfad, von Brachekraut und Disteln überwuchert, öliger Schotter, von dem Heuschrecken wegsprangen. Als er vor den Schuppen stand, hörte Anton ein seltsames Schlagen und ging ihm zögernd nach, fand Henrik hinter den Schuppen über eine Werkbank gebeugt, in die ein Stein eingespannt war. Henrik schlug mit einem Hammer auf den Stein ein, Splitter spritzten ab, Anton duckte sich, Henrik schlug weiter, als wollte er ihm nur wehtun.

Zwischen den Schlägen war das Rumpeln der Triebwagen zu hören, die das Depot verließen. Anton wünschte sich zurück in das Dunkel der Gänge. Wie konnte er den um einen Gefallen bitten, der ihn so erniedrigt hatte. Warum musste er ihm bei der Arbeit zusehen, wo er selbst nicht anderes wollte als arbeiten. Zwischen den Schuppen lief sein Blick über die strauchige Fläche des Brachlands. Er wusste immer noch nicht, was er tun sollte.

Henrik setzte kurz den Hammer ab, sah Anton, schlug dann weiter.

»Ich möchte Vleutz töten«, sagte Anton, als Henrik erschöpft den Hammer sinken ließ.

»Du?«, fragte er erstaunt.
»Ich habe keine Wahl«, sagte Anton.
Henrik stellte den Hammer auf den Boden, und Anton folgte ihm in einen der Schuppen, wo Henrik aus dem Kühlschrank zwei Dosen Bier nahm. Über ihnen zog das Licht schräg durch den Raum über flirrenden Staub und abgerissene Spinnweben. Anton wunderte sich, wie leicht es ihm fiel zu erzählen.
Auslöschen, dachte Anton, nachdem er geendet hatte und Henrik nicht antwortete. Auslöschen. Alles ins Dunkel reißen. Alle, die mich verraten haben.
Aber Henrik sagte, als Anton fast schon aufstehen wollte:
»Ich würde ihn nicht umlegen. Es lohnt sich nicht.«
Henrik hob beide Hände:
»Hab Geduld. Beim Jüngsten Gericht bekommt jeder sein Fett weg«.
»Ich kann nicht warten«, sagte Anton, »ich muss es tun. Auch ohne dein Gift.«
»Wie du meinst«, sagte Henrik.
Das Licht draußen blendete. Henrik wies auf einen Schuppen. Der stehe leer. Er brauche ihn nicht. Wenn Anton wolle, könne er dort wohnen und arbeiten, ungestört.
Zu spät, dachte Anton.
Er blieb stehen, als Henrik den Riegel löste und das Tor aufschob. Anton sah nicht hinein. Zu spät, dachte er. Er roch das ausströmende Gas, er sah sich unten im Treppenhaus stehen.
»Judith macht ein Abschiedsfest«, sagte Anton, als Henrik das Tor wieder zugeschoben hatte. Er hoffe, dass Henrik dabei sei, sagte Anton, versuchte sich nichts anmerken zu lassen, als Henrik ihn ansah.

In seinem Zimmer hing ein dünner, fader Geruch, den er nur wahrnahm, wenn er seinen Kopf in eine Richtung hielt. Anton räumte die Pinsel vom Tisch, hob die Matratze hoch, schaute hinter den Gasofen. Die Kleidung ließ er im Schrank, sie war ihm immer gleichgültig gewesen. Das wenige, was er brauchte, konnte er neu kaufen. Die Hosentaschen durchsuchte er, fand aber nur Münzen, die er neben das Bett legte. Obwohl er sicher war, nichts übersehen zu haben, zog er den toten Körper zur Seite. Das Fleisch nässte, die rötliche Flüssigkeit hatte den Teppich dunkel gefärbt. Schließlich überlegte er, ob er seine Bilder verbrennen sollte. Aber die Vorstellung von Flammen, die sich auf den Skizzen durch Johannas Körper fraßen, hielt ihn davon ab.

Als es endlich dunkel war, stieg er in den Keller. Der Hebel neben dem Gaszähler stand waagrecht. Anton riss das Warnschild der Feuerwehr ab. Mit zwei Fingern drückte er vorsichtig dagegen, um sich zu vergewissern, dass er sich bewegen ließ. Der Hebel gab nach, und Anton starrte erschrocken auf die Gasuhr, deren kleinste Ziffer sich ein Stück bewegt zu haben schien.

Es funktioniert, dachte er und wagte nicht noch einmal hinzufassen.

In seinem Zimmer legte er zurecht, was er anziehen wollte, als hätte er am nächsten Tag keine Zeit mehr dazu. Dann legte er sich ins Bett und wartete mit offenen Augen auf den Schlaf.

Nachts hörte er, dass sie die Tür aufschob, barfuss neben seinem Bett stehen blieb. Anton lag auf dem Bauch, den Kopf auf dem Kissen zur Seite gelegt. Er konnte, ohne sich zu bewegen, ihre nackten Füße sehen, wagte nicht den Blick nach oben zu richten. Das Licht fiel durch das Fenster in langen Streifen an die Tür, leuchtete gelb. Einen Augenblick glaubte er, dass sie sich umdrehte, um wieder zu gehen. Dann aber merkte er, wie sie sich ganz langsam bückte und die Decke hob.

»Schläfst du?«, fragte sie, als sie neben ihm lag. An seinem Arm, den er nicht mehr nach oben ziehen konnte, spürte er ganz dicht ihren Körper.

»Schläfst du?« Obwohl ihre Stimme ganz nah war, konnte er ihr Gesicht nicht sehen. Vorsichtig begann er tiefer zu atmen, den Geruch ihrer Haut zu suchen. Mehr wagte er nicht. Minutenlang lagen sie so.

»Ich habe dich nicht verraten«, flüsterte Judith, als dürfe es niemand hören. Anton wusste nicht, ob er antworten sollte. Sie sprach undeutlich, das Gesicht in ihre Arme versenkt. Er wagte es immer noch nicht, sie zu berühren.

Sie wird es Johanna erzählen, dachte er und merkte, dass er sich nach Johanna sehnte, wie schon lange nicht mehr. Sich nicht nach Johanna zu sehnen, erschien ihm auf einmal undenkbar, immer würde er, gleich wo er sich befand, an Johanna denken.

»Ich habe ihm nichts erzählt«, sagte Judith und hob ihren Kopf, »ich glaube nur, dass es besser ist, zu unterschreiben.«

Wenn sie sich zu mir dreht, dachte Anton, wenn sie mich an sich zieht.

Er wollte nicht weiterdenken, hörte sie in der Stille atmen. Er musste sich jetzt entscheiden, es war eine endgültige Entscheidung.

Er merkte, dass er Angst hatte, von ihr wegzurücken, er hatte Angst neben ihr zu liegen, er hatte Angst, dass sie näher kam. Ich werde sie auf dem Fest fragen, wo Johanna ist. Ich werde unterschreiben, wenn sie es mir gesagt hat, und nach unten gehen und das Gas aufdrehen und mich auf den Weg machen.

»Bitte unterschreib«, sagte Judith.

Vielleicht auch nicht, dachte Anton. Vielleicht werde ich wieder nach oben gehen und mit den anderen warten, bis es soweit ist. Vielleicht ist es besser, als allein zu sein.

»Es geht mir um dich«, sagte Judith, »ich will nicht, dass dir was passiert.«

»Ich weiß nicht«, sagte Anton und hob den Kopf, als er das Telefon läuten hörte.

Vleutz, dachte Anton und bewegte sich nicht, ihr Vleutz.

Er blickte über den Teppichboden zum Fenster. Der tote Körper lag im Dunkel der rechten Zimmerhälfte, dahinter stiegen die Wände in einen fleckigen Himmel, der graugelb über ihnen verschwamm. Dazwischen hing das Läuten des Telefons, bis es wieder abbrach und die Landschaft des Zimmers in der Stille zu einem gewöhnlichen Zimmer wurde. Anton ließ den Kopf wieder auf sein Kissen zurückfallen. Als das Telefon wieder zu läuten begann, stand Judith auf. Er sah ihrem hellen Körper nach, sah durch die offene Tür, wie sie sich mit dem Hörer in der Hand auf den Boden kauerte. Dann fiel die Tür zu und Anton wartete darauf, ihre Stimme zu hören. Zu hören, mit wem sie sprach.

Aber er hörte nichts. Nicht einmal ein Flüstern. Es war, als wäre sie gar nicht mehr da, er allein in der Wohnung zurückgeblieben, aufgewacht aus einem Traum, den er in der Wirklichkeit dieses Zimmer zu entdecken suchte.

Langsam stand er auf und tastete sich zur Tür, hörte immer noch nichts.

Als er die Tür geöffnet hatte, sah er Judith noch immer im Dunklen vor dem Tisch auf dem Boden hocken. Sie hob ihren Kopf, und als er ihr Gesicht sah, dachte Anton einen Augenblick, dass jetzt alles zwischen ihnen abfiele, dass sie voreinander stünden und sprechen könnten, dass sie einander so nah seien, wie er es sich immer gewünscht hatte, und sie vielleicht auch.

Er fragte, was passiert sei, zwei Mal. Als er keine Antwort bekam, ein drittes Mal, bis sie sagte: Nichts. Nichts ist passiert. Ohne auf ihre Worte zu achten, fragte er, ob er helfen könne, so sicher war er sich in diesem Augenblick. Alle wollen helfen, war ihre

Antwort, ganz ruhig, bewegungslos. Anton überlegte, ob er Licht machen sollte, blieb aber doch stehen, sagte, dass es doch einen Weg geben müsse.

Plötzlich stand sie auf und rannte in ihr Zimmer, ihr Körper begann zu zucken, sie warf den Kopf von einer Seite zur anderen, als wehre sie sich gegen etwas, was sie zu ersticken drohte.

Anton wich zurück, hob ihr wortlos seine Arme entgegen. Er erinnerte sich, wie er als Kind an einem Rinnsal, dem Überlauf eines Wehrs, einen Fisch entdeckt hatte, der gerade eben über die Mauer gesprungen sein musste. In dem wenigen Wasser schlug er um sich, bäumte sich gegen das Ersticken auf. Blind vor Angst hatte Anton auf den Fisch gestarrt, nicht wissend, was er tun sollte, war schließlich fortgelaufen, durch den Wald, am See entlang und hatte, als er erschöpft stehen geblieben war, schon nicht mehr gewusst, ob das, was er gesehen hatte, wirklich oder nur eingebildet gewesen war.

Jetzt konnte er nichts weiter tun, als stehen zu bleiben. Er wartete, bis sie ruhiger wurde, in den Hof sah, und ging in sein Zimmer zurück.

Den ganzen Tag war er zu Hause geblieben, um nicht doch noch verhaftet zu werden. Er hörte Judith in der Küche und verstand nicht, warum sie sich so viel Mühe gab. Als hinge von diesem Fest etwas ab. Immer wieder legte er sich auf das Bett und spielte den entscheidenden Moment durch. Mit Judith redete er kein Wort. Sie war zu einer Fremden geworden.

Als es endlich Abend wurde, wartete Anton nur noch auf das erste Klingeln.

Als Erster kam Vleutz, Anton beobachtete ihn durch den Türspalt seines Zimmers. Er küsste Judith auf den Mund, während sie sich die Hände abtrocknete.

»Danke für deine Hilfe«, hörte Anton seine Stimme.

»Ich helfe dir nicht«, sagte Judith, »ich tue nur, was ich für richtig halte.«

»Du spinnst«, sagte Vleutz

Wütend ballte Anton seine Hand zur Faust, bewegte sich nicht.

»Anton«, rief Judith aus der Küche.

»Ich komme gleich.« Anton bewegte sich nicht. Je länger er Vleutz in der Küche wusste, desto weniger Lust hatte er hinauszugehen.

Dann klingelte es wieder.

Henrik versuchte nicht, Judith zu küssen. Er ging an ihr vorbei.

»Anton, komm endlich«, rief Judith.

Anton nahm die Tasche mit seinen Sachen und stellte sie in den Gang, drehte sich um, blieb am Kühlschrank stehen.

Henrik saß neben Vleutz. Vielleicht merkt Henrik gar nichts, dachte Anton erschrocken, vielleicht kann sie verheimlichen, dass sie mit Vleutz zusammen ist. Noch immer stand Anton am Kühlschrank, als säße jemand auf seinem Platz, als wäre er zu spät gekommen und besser wieder gegangen.

»Worauf trinken wir«, fragte Vleutz. Judith hatte den Wein schon eingeschenkt, bevor sie gekommen waren.

»Auf die Zukunft«, sagte Henrik.

Judith rührte in der Suppe auf dem Herd. »Warum hast du ihn eingeladen?«, fragte sie flüsternd Anton.

»Ich dachte, er ist dein Freund.« Anton redete so laut, dass sie es am Tisch verstehen mussten, aber niemand hörte ihm zu; Vleutz fragte vorsichtig, ob Henrik etwas damit zu tun habe.

»Womit?«, fragte Henrik freundlich, und Vleutz wusste nicht mehr, was er antworten sollte, suchte Judiths Blick. Judith rührte in der Suppe und sah nicht auf.

»Ich bin nicht hier, um zu streiten«, sagte Vleutz plötzlich, »ich möchte mich einigen. Ich habe mich immer geeinigt.«

»Worauf sollte sich Anton einigen«, fragte Henrik.

Anton schwieg dazu, beobachtete, wie das Gesicht von Vleutz versteinerte.

»Jetzt essen wir erst mal.«

Judith stellte den Suppentopf auf den Tisch.

Aber Anton wollte nicht essen. Nicht einmal an den Tisch setzen wollte er sich, nicht mit Vleutz. Er wusste, selbst wenn er gesessen wäre, er hätte keinen Bissen heruntergebracht.

Alle drei sahen Anton an. Judith häufte Kartoffelsalat auf seinen Teller.

»Danke«, sagte Anton und setzte sich doch.

Gleich werde ich fragen, wo Johanna ist, dachte er. Dann werde ich unterschreiben. Aufstehen, das Geld nehmen. Hinuntergehen. Den Hebel umlegen. Gehen. Draußen nicht auf den Knall warten. Weit weg sein, wenn sie alle hochgehen, wenn jemand …

Er sah, dass kein Aschenbecher auf dem Tisch stand.

»Von euch raucht niemand?«, erkundigte er sich vorsichtig.

Die drei schüttelten den Kopf.

»Wenn Sie ausziehen«, sagte Vleutz und trank sein Glas aus, »bekommen Sie Dreißigtausend.«

»Vierzigtausend«, sagte Henrik.

»Meinetwegen Vierzigtausend«, sagte Vleutz ohne Henrik anzusehen, »davon können Sie jahrelang leben.«

»Kann sein«, Anton rechnete und merkte, wie Judith ihn ansah. Mit einem Lächeln, in dem er meinte, ihre Verachtung über den leichten Sieg zu spüren. Sie legte eine Hand auf Vleutz' Schulter.

»Ich kann nicht unterschreiben«, sagte er, »ich habe es Johanna versprochen. Ich habe gesagt, ich bleibe in diesem Haus, bis wir uns wieder sehen.«

»Johanna«, fragte Vleutz, »wieso Johanna.«

»Ich halte mein Wort.«

Anton freute sich über Judiths entsetztes Gesicht.

»Ich dachte, ich soll Geld mitbringen«, sagte Vleutz und schaute Judith an. Aber Judith rührte wieder in der Suppe, die unberührt auf dem Tisch stand.

»Will noch jemand Kartoffelsalat«, fragte Henrik.

Auf einmal stand Vleutz auf und wollte gehen. Anton beeilte sich zu versichern, er habe das nicht so gemeint, er wüsste eine Lösung, er solle sich setzen, es sei doch noch früh, sie könnten doch erst noch etwas trinken.

»Bitte«, sagte Judith, und Vleutz setzte sich wieder neben sie.

»Ich bleibe, bis ich sie wieder sehen kann«, sagte Anton und ließ Judith nicht aus den Augen.

»Erst wenn ich weiß, wo sie ist, unterschreibe ich«, sagte er langsam.

»Ich habe alle Baugenehmigungen«, sagte Vleutz, »ich werde nächste Woche die Kamine abreißen, die Türen aufbrechen, dann ist hier Schluss«, das sei sein letztes Angebot, sagte er und legte ein Papier auf den Tisch zwischen die Teller mit dem Kartoffelsalat und die Weingläser.

»Sei still«, sagte Judith, »sei endlich still.«

Anton wunderte sich, dass Vleutz tatsächlich schwieg.

Er hockte am Tisch wie ein unbeholfenes Tier, das nicht weiß, ob es fliehen oder angreifen soll. Antons Blick glitt ins Dunkel, das hinter ihm an den Schränken hing, in Judiths Zimmer mit den verstreuten Sachen, in das kaum Licht aus der Küche fiel. Es schien ihm, als würde die Unordnung in ihrem Zimmer ständig größer. Als suche sie etwas, was sich nicht finden ließ.

»Johanna ist tot«, sagte Judith in die Stille hinein, »seit gestern Nacht.«

Anton beugte sich vor, als hätte er nicht richtig gehört.

»Es stimmt«, sagte Judith, blickte zu Vleutz, der aussah, als wüsste er nicht, ob er erschrecken sollte, und zu Henrik, der mit dem Kopf nickte, als hätte er es schon lange gewusst.

»Was ist passiert«, fragte Anton, »wo ist sie.«

»Ich weiß es noch nicht«, sagte Judith, »aber ich muss es wissen. Meine Schwester, sie ist meine Schwester.«

Anton erschien es, als ob ihre Worte das Einzige waren, was gehört werden durfte, kein Laut sonst. Die Welt um ihn schmolz um diese Worte, die unausgesprochen wirklicher waren als alles andere. Henrik und Vleutz saßen auf ihren Stühlen, während sich Anton an der Tischkante nach oben zog, langsam, um nichts zu verschütten, was sich in ihm staute.

Er sah Johanna vor sich liegen und wartete, dass er sie zeichnen konnte, sah wie sich der Körper auflöste, das Gesicht unter ihrem Haar verblasste. Johanna, denkt er, meine Johanna. Der Boden unter ihm vibriert, während er denkt, es stimmt nicht.

»Wir müssen zu Johanna«, hörte er Judith sagen, während er langsam aus dem Schweigen der anderen hinaus in sein Zimmer ging, das Beil nahm, das hinter dem Schweinekörper an der Wand lehnte, hoch über den Kopf hob. Breitbeinig stand er vor dem schwammigen grauen Fleisch, als Vleutz in der Küche Worte in das Schweigen legte:

»Er unterschreibt nicht. Er unterschreibt nicht.«

Langsam ließ Anton das Beil sinken, die Klinge kratzte über die Borsten.

Vielleicht habe ich Johanna gar nicht geliebt, dachte er am Fenster, nicht wirklich. Hätte ich sie wirklich geliebt, sie hätte sich nicht entziehen können.

Auf dem Tisch lag die Zeitung. Ohne lesen zu wollen, blätterte Anton darin. Auf der vierten Seite sah er die Nachricht, dass die Ermittlungen gegen den Bauherrn Christian Vleutz eingestellt seien, weil keine Fahrlässigkeit des Bauherrn festgestellt werden konnte und die extreme Wettersituation an dem Zusammenbrechen des Gerüsts Schuld trage. Die Straße draußen war leer und lag dunkel. Nur das Auto von Vleutz stand allein vor dem Haus geparkt. Anton stellte sich vor, wie Judith und Vleutz einstiegen und er immer noch allein am Fenster stünde, nicht wüsste, wo Johanna jetzt war, die Vorstellung war unerträglich, er drehte sich um, er hielt es nicht mehr aus in seinem Zimmer.

Seine Hände umklammerten immer noch das Beil. Der Schmerz bedeckte nun alles in ihm, legte sich auf jede seiner Bewegungen, als er das Beil wieder anhob, um in die Küche zu gehen.

Als er am Kühlschrank stand, sah er, wie Vleutz Angst bekam. Er wollte aufstehen, wagte es nicht, duckte sich zwischen Judith und Henrik.

Zwischen den Gläsern lag der Aufhebungsvertrag. Anton ging auf den Tisch zu. Ob er das Geld dabeihabe, fragte er mit einer Stimme, die er kaum selbst verstand.

Vleutz' Mund öffnete und schloss sich, wie bei einem langsamen Fisch, der nicht weiß, ob er zuschnappen soll.

Er solle das Geld auf den Tisch legen, sagte Anton.

Judith schob die Gläser zur Seite ohne aufzustehen. Wie kleinlich kam Anton das vor, er wollte vortreten und die Gläser vom Tisch stoßen, aber er blieb stehen und betrachtete sie, wie sie auf das warteten, was er tat.

Armselig und klein erschienen sie ihm, fast hätte er angefangen zu sprechen. Dass sie nichts seien als. Dass sie nicht wüssten was. Dass sie ihm vorkämen wie. Satelliten, die um sich kreisten, sich um sich selbst drehten, mit ungeheurer Geschwindigkeit sich bewegten auf einer vorgezeichneten Bahn und im Grunde doch still stünden. Stumm, ohne eigene Stimme. Empfingen Signale und gaben sie wieder ab, bedeutungslos, kämen sich nicht näher. Rasender Stillstand, Abstandsgeflecht, Johanna ein Stern, auch er selbst.

Aber er sagte nichts. Er trat vor und unterschrieb den Vertrag, ohne Henrik und Vleutz anzusehen.

Anton nahm den Koffer vom Tisch.

»Gehen wir«, sagte Vleutz und stand auf, »ich bin wahnsinnig müde.«

»Nein«, dachte Anton, »du kommst nicht davon.«

»Nein«, sagte Judith.

Vleutz ließ sich auf den Stuhl zurückfallen, wiederholte, er sei müde, und wenn sie noch fahren wollten …

»Ich kann ja fahren«, sagte Judith.

Vleutz lehnte sich langsam zurück, niemand sprach.

»Schenk mir noch mal ein«, sagte er schließlich und küsste Judith, ohne auf Henriks Blick zu achten. Anton zählte immer noch sein Geld.

»Ich weiß nicht, wo Johanna ist«, flüsterte Judith an Vleutz' Gesicht, »wir müssen sie suchen. Wir müssen die Stelle finden, an der es passiert ist. Du hast bekommen, was du wolltest. Du musst jetzt mir folgen.«

Sie hielt das Glas an seinen Mund, Wein lief an seinen Mundwinkeln herab. Er lächelte.

»Bitte geht jetzt«, sagte Anton, und Judith hob ihren Kopf:
»Und du?«, fragte sie erschrocken, als wollte sie fragen, »kommst du mit?«
Aber Anton schüttelte den Kopf.
Judith drehte sich um, nahm Vleutz an der Hand, als er sich mühsam erhoben hatte. Anton sah nicht mehr hin.

Unten auf der Straße standen sie vor dem Auto und redeten, aber Anton hörte ihre Stimmen nicht. Judith hatte den Aufhebungsvertrag in der Hand, wie mit einer Fahne winkte sie zu Anton herauf. Anton sah, wie ihr Vleutz den Schlüssel gab und auf der Beifahrerseite in den Wagen stieg. Er versuchte, den Gurt anzulegen, ließ es dann aber, schloss die Augen. Sein Kopf fiel nach vorne, Judith zog ihn an den Haaren nach hinten, lehnte ihn an das Seitenfenster, damit er schlafen konnte. Hastig, als hätte sie es plötzlich eilig, fuhr Judith an, beschleunigte, schoss zwischen den parkenden Autos hindurch und war so plötzlich mit Vleutz verschwunden, als hätte es sie nie gegeben.
Anton drehte sich um, weil er hinter sich ein Geräusch hörte. Da sah er Henrik neben dem lang gestreckten Körper sitzen und nicht aufhören, über die tote borstige Haut zu streichen.

Sie kamen nur langsam voran. Die Züge fuhren jetzt am Morgen so dicht, dass sie sich immer wieder in die Nischen neben den Gleisen ducken mussten.
»Ich wollte plötzlich nicht mehr dort bleiben«, sagte Anton, der hinter Henrik ging. Henrik hatte, seit sie die Wohnung verlassen hatten, kein Wort gesagt.
»Ich bleibe, bis ich etwas Neues gefunden habe«, sagte Anton.
»Du kannst bleiben, solange du willst.«
Henrik blieb stehen, und sie traten zwischen zwei Pfeilern in eine der Nischen, die auf diesem Streckenabschnitt dicht hintereinander lagen. Anton stellte den Koffer ab.
»Und ich hatte mir vorgestellt, wie wir in einem Eiscafé zu viert Vleutz' Beerdigung feiern.«
»Ich kann es mir immer noch nicht vorstellen«, sagte Henrik.
»Was?«, fragte Anton.
»Dass Johanna tot ist.«
»Du«, sagte Anton und ihn überrollte eine Welle von Erinnerungen, lähmte ihn, hielt ihn fest, verhinderte, dass er auf Henrik losging.
Vor der Nische schoss der Zug vorbei, hielt im Bahnhof vor ihnen.

nen. Sie warteten, gingen erst weiter, als der Bahnsteig wieder leer war.

»Ich habe sie gemocht«, sagte Henrik, ohne Anton anzusehen, der nichts mehr sagen, nichts mehr denken, ausgelöscht sein wollte.

Sie hatten den Bahnsteig fast erreicht, als Henrik stehen blieb. Anton solle still sein, sagte Henrik, er habe jemanden gehört. Anton hielt den Atem an, dann gingen sie einige Schritte zurück, blieben zwischen den Gleisen an einem der breiten Mittelpfeiler stehen.

Außer Schritten hörte Anton ein Glucksen, das in der Stille seltsam hallte. Es kam vom Gegengleis, das durch eine Betonblende von ihnen abgetrennt war. Die Schritte näherten sich, und Henrik und Anton sahen eine Gestalt von Schwelle zu Schwelle hüpfen, gebückt, dann wieder aufrecht, ein dürres Männchen, das immer wieder den Kopf nach allen Seiten drehte. Das Glucksen war ein unterdrücktes Schluchzen oder Weinen, ein Laut, der im Körper nach oben zu steigen schien, sich einen Weg suchte, um im Gesicht zu entweichen.

Hinter dem Mann fuhr ein Zug in den Bahnhof ein. Der Mann blieb stehen, drehte sich um, suchte dann das Dunkel ab, als wittere er Anton und Henrik. Das Schluchzen wurde stärker, dann stieß es als Lachen durch den Mund, leise und undeutlich zuerst, wie das Meckern einer Ziege, dann immer lauter, bis es voll und klar den Tunnel füllte.

»Ich kenne ihn«, sagte Henrik, »es ist einer der Verrückten, die hier unten leben.«

Henrik und Anton hörten, wie sich die Türen der U-Bahn schlossen, wie sie langsam anfuhr, schnell an Geschwindigkeit gewann.

»Nein«, schrie Anton und sah, dass der Fahrtwind bereits an der Kleidung des Mannes riss, sah, dass Henrik nach vorne sprang, um ihn zur Seite zu reißen.

Anton presste die Augen aufeinander, öffnete sie erst wieder, als es still und dunkel war. Anton hörte wieder das Lachen, jetzt ein kreischendes Lachen, sah den Mann durch den Tunnel der U-Bahn hinterherlaufen.

»Henrik«, rief Anton vorsichtig, stand auf, blickte sich um.

An der Betonblende entdeckte er den gekrümmten Körper und lief zu ihm.

Zuerst wusste Anton nicht, wo er hinfassen sollte, dann sah er den Arm, wollte ihn zur Seite ziehen, aber das Fleisch war weich und ließ sich nicht bewegen. Anton ließ los, sah das Gesicht, eine dunkle Fläche, in der er nichts mehr erkannte.

»Henrik«, sagte er, »hörst du mich.«

Anton sah sich um, sah den zappelnden Fisch, überwand sich, um nicht fortzulaufen.

Vorsichtig tastete er über Henriks Rücken nach unten, berührte die Hosentaschen von außen mit den Fingerkuppen, bis er den Schlüssel fand. Er zitterte, als er ihn herauszog, suchte aber weiter, bis er sicher sein konnte, dass Henrik nichts Persönliches mehr bei sich trug.

Dann stand er auf, sah sich nochmals um, lief mit eingezogenem Kopf, so schnell er konnte, über die Steine zurück auf das Licht am Ende des Tunnels, den leeren Bahnsteig zu.